集英社オレンジ文庫

あやかし華族の妖狐令嬢、陰陽師と政略結婚する 2

江本マシメサ

あやかし華族の妖狐令嬢、
陰陽師と政略結婚する２

目次

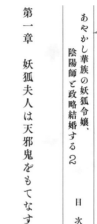

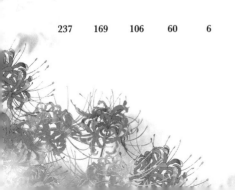

あやかし華族の妖狐令嬢、陰陽師と政略結婚する

2

第一章　妖狐夫人は天邪鬼をもてなす

妖狐《ようこ》が陰陽師《おんみようじ》と結婚した――なんて、ありえない縁談から早くも半年経った。

蓮水瀬那《はすみせな》から、祁答院《けどういん》瀬那に名前が変わった私は、案外平和に暮らしている。

ひりついた結婚生活を送るに違いないと想像していたのに、日々の暮らしは穏やかで楽しく、幸せに満ちあふれていた。さらに、冷たい印象しかなかった夫、祁答院伊月《いつき》は意外にも心優しい男性だったのだ。

いつか正体が露見し、この満たされた暮らしも終わるのではないかと一時期は思っていた。けれどもそれは杞憂《きゆう》に終わった。

祁答院家の当主になる者は、九尾《きゆうび》の狐に変化できる特性を持って生まれてくる。

九尾の狐というのは、妖狐の王といっても過言ではない存在だ。その事実を知ったときは、ひっくり返るほど驚いた。

私達は九尾の狐と妖狐の夫婦――つまり、お似合いのふたりというわけだ。

この先、私が妖狐であるという理由で離縁されることはない。

すでに、夫が心の中で大きな存在になっていた私は、ホッと胸をなで下ろしたのだった。

◇◇◇

嫁《とつ》いできた頃は藤の花が美しく咲いていた庭は、今は秋薔薇《あきそうび》が蕾《つぼみ》を綻《ほころ》ばせている。季節は穏やかに、ゆるやかに過ぎているようだ。

今日も今日とて日の出と同時に目を覚まし、ひとりで身なりを整え始める。

季節は巡り、朝は肌寒い日が多くなった。そのため、そろそろ袷《あわせ》仕立ての着物を着たほうがいいだろう。

毎朝恒例の畑仕事を行うので、枯《か》れ色《いろ》の木綿《もめん》着物を選んでまとった。

畑仕事は夫の日課である。なんでも幼少期に毒を料理に混入されて以来、他人が手がけたものを口にできなくなってしまったようだ。そのため、自分で野菜を育て、獣を仕留め、魚を釣って、完全な自給自足生活をしていたらしい。

結婚してからは、私が作った料理に限定して食べられるようになった。

帯を調節していると、カアカアというか細い鳴き声が聞こえた。

振り返った先にいたのは、座布団の上で翼を広げて眠る、三本脚の白烏《しろからす》である。彼か彼女かは謎だが、この子は八咫烏《やたがらす》といって、とても縁起《えんぎ》がいい烏らしい。一度、庭で助けてから、私に懐いて傍にいるのだ。

言葉はわからないが、畑仕事をしにいく私に対し、「いってらっしゃい」と言ったのだろう。いってくるね、と返しつつ頭を撫《な》でると、眠りに落ちていった。

髪を整え、手ぬぐいを顎《あご》の下に結んで外に出る。庭をしばし歩いた先に、夫自慢の畑があるのだ。

夫は――いた。動きやすい水干《すいかん》装束《しょうぞく》をまとい、袖《そで》は襷《たすき》でくくり、袴《はかま》は脚絆《きゃはん》を巻くという、いつもの畑仕事の恰好《かっこう》でいた。

すでに鍬《くわ》を握り、畑をせっせと耕している。今日は秋植え野菜の種を蒔《ま》くと、昨晩に宣言していたのを思い出す。

話す様子は、無表情ながらもどこか楽しそうだった。

夫はひな人形のお内裏様《だいりさま》みたいな目鼻立ちが整った美貌《びぼう》の持ち主であるが、野菜作りに情熱を燃やすという意外性の持ち主なのだ。

腰辺りまで伸びた黒橡《くろつるばみ》色の髪は水引《みずひき》みたいな紐で結ばれており、風が吹くとサラサラ揺れる。

朝日に照らされた夫は、泥まみれにもかかわらず、誰よりも美しい。

「瀬那？」

声をかけられ、ハッとなる。結婚して半年経った今でも、夫の美貌に慣れずに見とれていたようだ。

「旦那様《だんなさま》、おはようございます」

「おはよう」

夫は汗を拭《ぬぐ》い、淡く微笑《ほほえ》む。

結婚したばかりの頃は、表情筋が固まっているのかと思うくらい無表情だった。けれども今は、よく笑ってくれるようになった。

微笑んだ夫はキリリとした印象から、やわらかな雰囲気《ふんいき》になる。そんな表情を垣間見《かいまみ》る度《たび》に、私はドキドキしてしまうのだ。

「あの、旦那様、お手伝いします」

「ああ、頼む」

今日の主な仕事は種まきだ。とても繊細《せんさい》な作業なので、夫から詳しい話を聞く。

「旦那様、今回は何を作るのですか？」

「ダイコンとハクサイ、シュンギク、あとはソラマメだ」

夫が整えた畝《うね》に、小さな種を蒔いていった。私もそれに続く。

種まきが終わったら、野菜を収穫する。秋野菜はゴボウにサツマイモ、ジャガイモにニンジンなどの根菜が多い。

今日は夫が苦労して育てたというゴボウを掘り起こした。

他の畑よりも深く耕したゴボウ畑は、土がフワフワしている。なんでも土作りから始め、今日の収穫に至ったらしい。

地中に深く埋まったゴボウを抜くのは一苦労である。途中まで土を掘り起こし、最後は引き抜くのだ。普段よりも泥だらけになりつつ、丁寧《ていねい》にゴボウを採っていく。

太く長い立派なゴボウを収穫できた。

「旦那様、とてもおいしそうなゴボウです」

「ああ。大変な思いをして育てた甲斐《かい》があった」

なんでも私にゴボウ料理を作ってもらおうと思って、頑張ったらしい。

「幼少期からゴボウが好きだったのだが、いかんせん、これは調理しないと食べられない。だから、これまで栽培《さいばい》していなかったのだ」

「でしたら、腕によりをかけてゴボウ料理を作りますね」

「楽しみにしている」

本日二回目の微笑みを目《ま》の当たりにしてしまい、ドキンと胸が大きく脈打つ。夫の笑顔は破壊力がありすぎる。大量に摂取《せっしゅ》すると、心臓に悪いような気がした。

「そ、そろそろお仕事の準備をしなければなりませんね」

「ああ、そうだな」

井戸で手を洗い、頭に被《かぶ》っていた手ぬぐいを外して水分を拭き取る。

「では、朝はこのゴボウを使って――あ、旦那様、お待ちくださいませ」

夫の頬《ほお》に土が付着していた。説明するよりも拭いてあげたほうが早いと思い、襷《たすき》を解いて袖で拭う。

「何か付いていたのか？」

「はい、土が少々」

「瀬那、ありがとう」

そう言って、夫は優しげな瞳で私を見下ろす。その瞬間、ありえないことが起きた。

夫の頭から、狐の耳がぴょこんと生えてきたのだ。

見間違えたのかと思ったものの、いくら瞬きしても消えないまま。

狐の耳を生やした夫は酷《ひど》く愛らしい――と、ここで我に返る。とっさに私は背伸びをし、耳を手で押さえてしまった。

「瀬那、どうしたのだ？」

「あ――すみません。えーっと」

なんと言えばいいのだろうか。夫の頭から耳が生えてきたので、引っ込めさせるために押さえてしまったという事情を。

変化が苦手な妖狐の子どもが、よく耳だけ生やしてしまうことがあった。そのため、そういう姿を見つけたら、隠してしまう癖《くせ》がついているのだろう。

手を離したら耳がなくなっているのではないかと期待し、ゆっくり手を避ける。しかしながら、狐の耳は夫の頭でピコピコと動いていた。

仕方がないので、事情を打ち明ける。

「あの、旦那様。非常に申し上げにくいのですが、その、狐のお耳が生えております」

「――ッ!?」

夫は目を見開き、頭上の耳を確認する。狐の耳に触れた瞬間、落胆《らくたん》するような表情を浮かべた。

「また、これか」

発言から察するに、狐の耳が生えるというのは、これまでもあることだったのだろう。

「ついつい、気が緩《ゆる》んでいたようだ。幼少時はしょっちゅうあったのだが……」

「私もそうでした」

「瀬那もか？」

「ええ」

子どものときは妖狐の姿と人間の姿、半々くらいで過ごす。しだいに人間でいる時間を長くするのだが、訓練の中で何度も狐の耳を生やしてしまうのだ。

子ども時代はどうしても、集中が続かない。そのうち慣れるのだが、安定するまでが大変だったような覚えがある。

「私も、心が揺れ動くと、こうして変化が完全でなくなる」

そう言うやいなや、夫は頬を少しだけ赤らめる。

「先ほどは、瀬那が頬を拭ってくれたことが嬉しくて、その、感情を抑えきれなかった……のかもしれない」

夫の発言を聞いた瞬間、今度は私が狐の耳を生やしてしまいそうになる。

まさか、そんなふうに思ってくれていたなんて。夫は無表情、無口が基本なので、何を考えているかはよくわからないのだ。

「変化を指導した父は、表情も感情も無であるように努めろと命じていたのだが」

話を聞いているうちに気付く。夫は人間の姿を保つために、感情を押し殺してきたのだ。

常に無表情で無口なのは、化けを維持するための弊害《へいがい》なのかもしれない。

「旦那様、私と一緒にいるときは、無でいる必要はありません。どうか楽にお過ごしください」

「瀬那……感謝する」

夫の瞳は少し潤んでいる。きっとこれまで大変な思いをしてきたのだろう。

思わず夫を抱きしめ、背中を撫でる。こうして落ち着かせたら、妖狐の子どもは狐の耳を引っ込めることに成功したのだ。

これで大丈夫と思いきや——夫は尻尾《しっぽ》を生やし、ぶんぶんと左右に振っていた。

「だ、旦那様、お尻尾がでております！」

「本当だな。困った」

狐の耳だけでなく、尻尾まで出してしまうとは……。なんでも大人になってから、制御ができなくなったのは初めてらしい。

いつもいつでも完璧《かんぺき》な夫の、少しだけ抜けたところを目の当たりにし、なんだか親近感を覚えてしまう。

耳と尻尾を生やした旦那様は、凜々《りり》しくも可愛《かわい》らしかった。

なんとか耳と尻尾を引っ込めることに成功した夫と別れ、私は朝食の準備に取りかかる。

部屋に戻ると、側付《そばつ》きの少女、伊万里《いまり》が待ち構えていた。

「奥方様、おはようございます」

「おはよう、伊万里」

伊万里の見た目は九歳くらいで、おかっぱ頭が可愛らしい少女である。結婚した日から、私の世話をしてくれるのだ。

ごくごく普通の少女に見えるが、彼女は夫の眷属《けんぞく》である天狐《てんこ》だ。私と同じ、人に化けた狐なのである。

明るく健気《けなげ》な伊万里は、私の清涼剤みたいな存在だ。

「ねえ伊万里、見て。ゴボウが採れたの」

「わあ！　とても立派です！」

今日はこれから、このゴボウを使って料理する。

三角巾を頭に巻いて割烹着《かっぽうぎ》をまとってから、台所へと向かう。そこではすでに、二十歳《はたち》前後に見える女性――お萩《はぎ》がお米を炊《た》いていた。

「お萩、おはよう」

「奥方様、おはようございます」

ペコリと頭を下げる彼女も天狐である。祁答院家で働く人々はすべて天狐。人はひとりもいない。そんな事情もあって、私は心地よく過ごしている。

「きんぴらゴボウを作ろうかしら」

あとは味噌汁、だし巻き卵と鯵《あじ》の開きを焼こう。伊万里には鯵の開きを火鉢《ひばち》で焼く調理をお願いしておく。お萩はゴボウを井戸で洗ってきてくれるらしい。

私はその間、実家の料亭〝花《はな》むしろ〟でも人気だっただし巻き卵を作る。

溶いた卵に薄口醤油《うすくちじょうゆ》、みりん、出汁《だし》、片栗粉《かたくりこ》を入れて、ゆっくりかき混ぜた。鰹節《かつおぶし》と昆布を合わせた出汁は、昨晩仕込んでおいたものだ。

油を薄く広げ、卵を焼いていく。

少しずつ、少しずつ卵液を重ねていき、卵の層を丁寧《ていねい》に巻いていった。すると、ふっくら焼き上がっただし巻き卵が完成する。

次に、味噌汁を作ろう。残った出汁を火にかけ、豆腐とわかめを入れてぐつぐつ煮立たせる。火を止めたあとに、味噌を溶き入れたら完成だ。

戻ってきたお萩に、ダイコンおろしを作るように頼んだ。

次に、夫が丹精込めて育てたゴボウを使った料理に取りかかる。

ゴボウの皮は包丁の背で削《そ》ぎ、千切《せんぎ》りにして水に浸す。ここであく抜きをするのだ。

鍋《なべ》にゴマ油を垂らし、鷹《たか》の爪《つめ》を散らし香りを立たせる。続いて、ゴボウを炒《いた》めていくのだが、シャキシャキの歯ごたえを残すためにそこまで火を入れない。

最後に醤油、みりん、酒、砂糖を追加し、ごまを振ったらきんぴらゴボウの完成だ。

料亭で出していたときは色合いを考えてニンジンを使っていたが、今日は本来の味を楽しめるよう、ゴボウだけで作ってみた。

「奥方様ー、鯵の開き、いかがですか？」

「うん、いい焼き具合ね。伊万里、ありがとう」

伊万里は頬《ほお》を染め「えへへ」と照れているようだ。あまりにも可愛いので、抱きしめたくなる。だが、お萩の「ご飯が蒸しあがりました」の一言で我に返った。

「盛り付けはこちらでいたしますので、奥方様は旦那様《だんなさま》のもとへどうぞ」

「ええ、ありがとう」

割烹着と三角巾を伊万里に託し、夫のもとへ向かう。その途中、八咫烏《やたがらす》がやってきて、私の肩に留まる。

元気よく「カー！」と鳴いており、目もぱっちり覚めているようだった。

「今日はおいしいゴボウが採れたの。あなたの分も用意したわ」

この子は私の料理が大好物で、ぺろりと完食してくれる。烏に料理をあげて大丈夫なのか心配だったが、夫曰《いわ》く、八咫烏は神様寄りの存在なので心配しなくてもいいという。

食事を共にする部屋の前に待ち構えているのは、初老の男性。屋敷の使用人を取りまとめる虫明《むしあげ》だ。

祁答院家に古くから仕える天狐で、軽く五百年は生きているらしい。ただ者でないことは、ひと目でわかる。

「おはよう、虫明」

「奥方様、おはようございます」

ご主人様がお待ちです、と言いつつ、襖《ふすま》を開いてくれた。

八咫烏は到着するなり、座布団の上に着地する。そして、翼を広げて寝そべり始めた。

この子は本当に伝説の八咫烏なのだろうか、とくつろぐ姿を見ながら思う。警戒心などまったく感じないのだ。

先ほどまで尻尾と耳を生やしていた夫は、涼しい顔をして新聞を読んでいる。

「旦那様、朝食の支度《したく》が調いました」

「そうか、ありがとう」

夫は口数が多いほうではないが、以前よりもずっと喋《しゃべ》ってくれるようになった。もっとたくさんお話ししたい！　と思いつつも、お忙しい御方なので無理は言えない。

だからこうして共にする朝食の席を、私は毎日楽しみにしているのだ。

「先ほどは、恥ずかしいところを見せてしまった」

「いえいえ。私も咳《せ》き込んだ瞬間に、うっかり耳がでてしまうときがありますので」

こういうときは、たいてい熱に浮かされているのだ。そのため周囲の人間に妖狐《ようこ》だと露見するような状況ではないのだが、いつもいつでも気を抜いてはいけない、と自らに言い聞かせている。

「瀬那、夜はどうしている？」

「どう、というのは？」

「変化を解いて眠っているのか？」

「いいえ、人の姿ですが」

そう答えると、夫は明後日《あさって》の方向を向く。

「あの、もしかして旦那様は、夜は九尾《きゅうび》の狐のお姿なのですか？」

「瀬那も変化を解いているのかと思っていた」

やはり、夜の夫は九尾の狐の姿で眠っていたようだ。

夜、あやかしは月明かりの力を受けて力を増す。そのため、制御ができずに九尾の狐になってしまうのだろう。

「起きているときは人の姿を保てるのだが、横になると変化してしまう。人の姿でいられる瀬那はすごい」

「旦那様はお力が強いので、制御が難しいのでしょう」

妖狐の一族はそこまで力が強いわけではないので、人間の姿を保つのは困難ではない。

それにしても、夫が寝所を共にしない理由が、人の姿を保てないからだったなんて。想像もしていなかった。

「旦那様はずっと、私のもとへいらっしゃらないので、その、自分はお飾りの妻なんだと、思っていたのですが」

「それはない！」

夫は目を見開き、私へ訴えてくる。

同時に、夫の頭に狐の耳がぴょこんと生えてきた。どうやら私が、感情を揺さぶってしまったようだ。

「人間の姿を保てない私は、未熟者だ。そんな状態で、そなたの寝所を訪ねるなど、ありえないと思っていたのだ」

「そのように、お考えだったのですね。結婚式の晩もいらっしゃらなかったものですから、嫌われているのだな、と考えておりました」

「嫌いなわけがあるか。だったら、今晩から共に眠ろう」

「え!?」

「嫌だったら、受け入れる必要はないのだが」

夫は無表情で言ったものの、狐の耳がぺたんと伏せられる。

どうやら耳は本人よりも素直らしい。

「嫌ではありません。旦那様さえ迷惑でなければ、夜もご一緒したいです」

「私は狐の姿だが、いいのか?」

「はい」

「ならば、頼む」

こうして、私達は今晩から一緒に眠ることが決定してしまった。どうしてこうなったのか。夫婦だから、それが当たり前なのだが。いきなりだったので、心の準備ができていないわけである。

廊下《ろうか》から、伊万里とお萩の足音が聞こえた。ここでハッとなる。

「旦那様、お耳をしまいませんと!」

伊万里とお萩は天狐《てんこ》なので、別に見られても問題ない。けれども、祁答院家の当主が可愛《かわい》い狐耳を生やしていたら、沽券《こけん》に関わるだろう。

「瀬那、頼みがある。私の耳を、先ほどのように押してくれないか?」

「そ、そんな物理的な方法で、引っ込むのでしょうか？」

「わからないが、試してくれ」

「承知しました」

夫のほうへと回り込み、左右に揺れる可愛い狐耳を両手で押し込む。なんというか、夫の耳は手触りがいい。このまま一生触っていたいくらいだ。

けれども今は狐耳を堪能《たんのう》している場合ではなかった。

「よいしょ、よいしょ！」

伊万里とお萩がどんどん接近してくる。引っ込んで！　と願いを込めて強く押すと、夫の耳は消えてなくなった。

次の瞬間、襖が開かれる。伊万里が顔を覗《のぞ》かせた。

「奥方様、お待たせしまし――んん？」

いつの間にか夫に抱きつくような体勢でいたので、伊万里は驚いたようだ。

必死になるあまり、このような体勢になっていたらしい。

夫はしれっとした表情で「目に入った睫《まつげ》を瀬那に取ってもらっていた」と言う。それを聞いた伊万里は「そういうわけだったのですね」とホッとした表情を見せていた。

思いがけず、バタバタしてしまった。恥ずかしさで火照《ほて》った頬を、手で扇《あお》いで冷やす。

先ほど作った料理が、次々と食卓に並べられていった。

お萩がおひつから、ご飯を装《よそ》ってくれる。いい具合に炊《た》き上がったご飯はツヤツヤに輝いていた。

朝食の準備が整ったからか、八咫烏はガバリと勢いよく起き上がる。自分の前に置かれた大盛りのご飯を見て、瞳をキラキラと煌《きら》めかせる。

「瀬那、食べようか」

「はい」

手と手を合わせ、いただきます。まずは、味噌汁を一口。

「あ――少し、味が濃かったみたいですね」

だし巻き卵用に作った出汁《だし》だったので、味噌汁用よりも濃い目だったのをすっかり失念していたようだ。こんな典型的な失敗をしてしまうなんて……反省である。

「汗を掻《か》いたあとだから、おいしく感じる」

「お代わりは控えたほうがいいかもしれないですね」

「気にしすぎだ」

本人は大丈夫と主張しているものの、夫には健康でいてもらいたい。そのためには、薄味の食事を食べてもらわなければ。

夫は続いて、きんぴらゴボウを頬張《ほおば》る。こくこくと頷《うなず》きながら感想を言ってくれた。

「瀬那、このきんぴらゴボウは絶品だ。シャキシャキと歯ごたえがよく、味付けはくどくなくて、品がある」

「お口に合ったようで、何よりです」

ホッと胸をなで下ろしながら、私もきんぴらゴボウを食べてみた。

しっかり食感が残っていて、味もしみ込んでいる。自分で言うのもなんだが、絶品きんぴらゴボウだった。

「鯵《あじ》の開きも、脂《あぶら》が乗っていておいしい」

「鯵は今が旬《しゅん》ですからね」

「それもあるだろうが、この鯵は身がふっくらしていて、塩加減が完璧《かんぺき》だ。どこの干物店《ひものてん》で買ってきたのか？」

「あ、これは、私が干した鯵なんです」

「そなたは干物も作れるのか？」

「ええ、まあ」

昨日、市場に行ったらプリプリに太った鯵を発見したのだ。これは干物にすべきだと思い、買ってきた。

「干物というのは、どうやって作る?」

「開いて塩水に浸けたものを、数時間干すんです」

料亭〝花むしろ〟にいたころ、干物を捌《さば》いて干すのは私の役割だった。数え切れないくらいの干物を作ってきたので、家族が食べる分をこしらえるのはお手の物なのだ。

「商売ができそうなくらい、見事な干物だった」

「そのようにおっしゃっていただけて、光栄です」

その後、夫はだし巻き卵を大絶賛し、ご飯をお代わりして食べていた。

しっかり完食したあと、夫は出勤する。玄関まで見送っていたところ、どこからともなく鈴の音が聞こえた。

これは、鬼門《きもん》が開いた音だ。

なんでも鬼門には祁答院家の結界《けっかい》があるようで、開閉するとこのように音を鳴らす。

ちなみに、鬼門が全開になるまで時間がかかるようで、あやかしが行き来できるようになるのは夜だという。

「今宵《こよい》は、あやかしがやってくるようだな」

「みたいですね」

夫は眉間《みけん》に皺《しわ》を寄せ、は――と深いため息をつく。

「今宵は瀬那と一緒にゆっくり過ごす予定だったのに、空気が読めない奴め」

「旦那様《だんなさま》、今、なんとおっしゃいましたか？」

早口かつ低い声だったので、聞き取れなかった。夫は首を横に振り、「なんでもない」と言う。

いったいどんなあやかしがやってくるのか、と考えていたら、頭上からどんぐりが雨のように降ってきた。

「きゃあ！」

「瀬那、こちらへ！」

夫が私を抱き寄せるようにして、屋根の中へと引き入れてくれた。

どんぐりが霰《あられ》のように、ザーザーと雨のごとく落ちてくる。

「なっ、こ、これはいったい――!?」

「うちにある木の実を採って、降らせたのだろう。天邪鬼《あまのじゃく》の仕業《しわざ》だ」

「天邪鬼、ですか」

夫が言い当てると、どんぐりの霰は止んだ。

天邪鬼は夫のもとへやってきて、しようもない悪さをするあやかしらしい。結婚してから姿を現していなかったようだが、満を持してやってきたのか。

そういえば以前から、天邪鬼には手を焼いている、という話を聞いていた。

「天邪鬼は悪ガキみたいなものだ。もてなさなくてもよい」

「いえ、そういうわけにもいかないような気がしますが」

なんでも、いくら食材を与えても、いたずらを止めなかったのだという。

「まあ、雨水と泥団子くらい用意するならば、問題ないだろう」

冗談か本気かわからない言葉を残し、出勤していった。

地面に落ちたどんぐりを覗き込む。

「あ、椎《しい》の実《み》だわ！」

炒《い》って食べるとおいしいので、伊万里と一緒に拾い集める。

天邪鬼をもてなすため、今日も頑張ろうと背伸びをしたのだった。

◇◇◇

伊万里と一緒に、井戸で椎の実を洗う。虫食いしているものは、水に浸けたらぷかぷか浮いてくるのだ。

「天邪鬼が落とした椎の実だから、全部虫食いだと思っていたら」

「水に浮いているのは、ひとつもないですねえ」

しかも、全部おいしい〝スダジイ〟である。

「奥方様、おいしい椎の実と、おいしくない椎の実があるのですか?」

「ええ、そうなの」

料理長が教えてくれたのだが、椎の実だからといって、すべてがおいしいわけではないのだ。

「おいしいのは〝スダジイ〟、渋くてパサついているのが〝マテバジイ〟なのよ」

「そうだったのですね。知りませんでした」

なんでも祁答院の庭にも、椎の木があるらしい。秋になるとその実を庭師が収穫して、あやかしに捧げていたようだ。

「あとで、庭師に椎の実は天邪鬼が採ったって言っておいたほうが、いいかもしれないわね。なくなっていて、驚くかもしれないから」

「そうですね」

洗った椎の実は、縁側において乾かしておく。

「おもてなし料理の前菜は、この椎の木にしましょう」

せっかく集めてくれたのだ。存分に味わってもらおう。

「旦那様は早めに帰ってきてくれるかしら？」

このところ、日付が変わるような時間帯に帰宅する。ここ最近、忙しくしているようだ。

「鬼門が開くときは、早めにお帰りになりますよ」

「そう、よかった」

ホッと胸をなで下ろす。

夫は御上の御側付《おそばつ》きとして、忙しい毎日を送っている。それとは別に祁答院家には〝役割〟があった。それは、国内最大規模の鬼門を守る仕事である。

鬼門は幽世《かくりよ》と現世の境目とも言われており、あやかしが出入りするらしい。その鬼門からあやかしがやってきて、地上で悪さをするのだ。

それらの行動を阻止《そし》するため、祁答院家の者達はあやかしを屋敷に招き、もてなして幽世へ戻らせる。それが御上《おかみ》から命じられた役割なのだ。

しっかり天邪鬼を歓迎し、悪さをさせないように努めなくてはならない。

気合いを入れて、料理の準備に勤《いそ》しんだのだった。

午前中は屋敷を囲む竹林を抜け裏山のほうへと向かった。そこでのお目当ては、今が旬のマイタケだ。

通常、天然もののマイタケは標高が高い場所で多く採れる。けれどもここは鬼門があり、少々時空が歪んでいるのだという。そのため、さまざまな食材が手に入るのだ。

マイタケが生えているのは、クヌギやミズナラの木の根元らしい。キノコに詳しい伊万里の先導で、探し回る。

「奥方様、マイタケ、ありましたー！」

「あら、本当」

市場でもあまり見かけないような、大きなマイタケが大量に生えていた。

「ここって、こんなにキノコが豊富なのね」

「そうなんです。知っていたら、帝都のほうに食料を探しに行かなかったのですが」

伊万里は目を伏せ、悲しげな表情で呟《つぶや》く。

「ここに来るまで、何かあったの？」

「ええ。聞いていただけますか？」

頷くと、伊万里はポツリポツリと話し始めた。

「――少し前まで、私は取るに足らない妖狐《ようこ》でした」

蓮水家のような人の世に紛《まぎ》れて暮らす妖狐でなく、群れずに生きる妖狐だったらしい。

「物心ついたころには家族なんていなくて、私は毎日を必死に生きてきたのです」

ある冬の日、山の食材が尽きてしまい、伊万里はついつい帝都のほうへ下りてしまった。

「そこで私は、悪《あ》しき妖狐として、退治されそうになったのです」

あやかしだと判断するや否《いな》や、悪と決めつけ、討伐《とうばつ》しようとしたらしい。

「必死になって逃げたものの、どんくさい私は捕まり、酷《ひど》い目に遭《あ》いました」

相手は陰陽師《おんみょうじ》ではなかったのだろう。あやかしの倒し方を知らずに、ただただ伊万里を棒で叩いて殺そうとしたという。

「必死の思いで逃げてきましたが、私の命は尽きかけていました」

路地裏で倒れ、命を手放そうとした伊万里に手を差し伸べたのが、夫だったという。

「ご主人様は眷属《けんぞく》にしてやるから、生きろと言いました。けれども、もう、そんな元気は残っておらず――」

そこで夫が施《ほどこ》したのが、〝命名〟だったらしい。

「ご主人様は自らの〝伊〟の字を私に与え、契約を交わしました。すると、みるみるうちに怪我《けが》が治り、元気になっていったのです」

それは、〝命名式〟と呼ばれる、陰陽師の術式だった。夫の名の一部を与えることにより、伊万里は生きる力を取り戻したのだという。

「命名という名のとおり、私は命に名前が付けられ、新たな生を得ることができたんです」

　そこから伊万里は夫に仕える天狐《てんこ》として、祁答院家に身を置くようになった。

「と、いう事情がございまして、私は元妖狐なんですが、奥方様が妖狐だったなんて、まったく気付きませんでした」

「みんな、気付かない振りをしてくれているのかと思っていたわ」

「そんなことないです」

　例の事件のあと、私は天狐達に妖狐であると告げた。すると、温かく受け入れてくれたのだ。伊万里は涙を流して「奥方様が妖狐で、光栄な気持ちです！」と言っていたのだが、その理由を今知ることができた。

「伊万里、これからもよろしくね」

「は、はい！　もちろんです」

　伊万里と手と手を握り、微笑《ほほえ》み合ったのだった。


　マイタケはまだまだたくさん生えていたものの、山に棲《す》む生き物の分も残しておく。

「奥方様、あちらに栗の木があるんですよ」

「栗まで生えているのね。行ってみましょう」

少し歩いた先に、栗がたくさん落ちていた。虫食いのないものを拾い、カゴの中へと入れていく。

このくらいでいいだろうか、と思っているところに、巨大な毬栗《いがぐり》を発見する。スイカ大くらいあるだろうか。こんなに大きな栗を見たことがない。

「見て、伊万里、立派な栗があるわ！」

「お、奥方様、あれはきっと、栗ではないと思うのですが？」

「そう？」

ゆっくり、ゆっくり接近すると、それが毬栗ではなく、フワフワの毛並みが丸まったものだと気付く。茶色に黒が混ざった毛並みである。私達が近付いても、警戒どころか身じろぎさえしない。

「え、これ、なんかの生き物なの!?」

「みたいですね」

気配からして、普通の獣ではない。大きさから推測するに、犬か、それとも狐か。

近くで見てみると、ハッハッハッという息遣いが聞こえた。犬のそれよりも、少し呼吸が荒いような気がする。

ここで、伊万里がそっと囁《ささや》いてきた。

「奥方様、この子はあやかしです」

「まあ！」

なんだか弱っているように見える。どうしてここにいるのかわからないが、このまま見捨てることはできない。

邪悪な気配はないので、きっと大丈夫だろう。

「ねえ、あなた、大丈夫？」

声をかけると、茶色い毛玉が大きく震えた。毛玉から手脚が伸び、びっくり顔でこちらを振り返る。

その顔は――狸《たぬき》だった。

「あなた、もしかして、〝豆狸《まめだ》〟？」

豆狸というのは人に化けて悪戯《いたずら》をしたり、悪さをしたり、人間に取り憑《つ》いたりするあやかしである。

ここ百年ほど、狸のあやかしは目撃されていなかった。というのも、まだるっこい個体が多く、陰陽師にほとんど退治されてしまったのではと言われているからだ。

「……がま……たい」

「え？」

「茶釜《ちゃがま》に、はいりたい」

「茶釜!?」

そんな言葉を残し、豆狸はぱったりと倒れてしまった。

「え、大丈夫なの!?」

もしや、息絶えてしまったのかと思いきや、お腹がぷうぷうと上下していた。どうやら、気を失っただけのようだ。

「奥方様、どうします？」

「悪い子には見えないから、連れて帰りましょう」

「はい！」

豆狸をカゴの中に入れて、祁答院家の屋敷に連れ帰った。


豆狸は「茶釜に入りたい」などと言っていた。しかしながら、豆狸が入る大きさの茶釜はない。

「お米を炊《た》く羽釜《はがま》だったらすっぽり収まりそうな感じがしますよね」

両手で羽釜を持ち、小首を傾《かし》げる伊万里を見て、「それだ！」と採用する。

あの羽釜は、私が嫁入り道具として持ってきた物だ。祁答院家のご家族全員のご飯が炊けるように、一升炊《いっしょうだ》きを持参した。しかしながら、ご家族はいらっしゃらなかったので、今は三合炊きの羽釜を使っている。

「伊万里、豆狸を羽釜に入れてみましょう」

「わかりました」

家に連れてくるまでに、豆狸の息遣いは荒くなっていった。虫明曰《いわ》く、あやかしの体調不良は獣医や医者でもどうにもできないらしい。

落ち着ける場所を作るしかないというので、小さなその体を羽釜の中に入れてあげた。

すると、荒くなっていった息遣いが落ち着いていく。

「伊万里、羽釜で大丈夫だったみたい」

「よかったです」

ホッと胸をなで下ろす。この豆狸はひとまず虫明に預けておこう。

早速、虫明に頼みに行ったところ、意外な話を聞くこととなる。

「ああ、よかった。容態は落ち着いたようですね」

「ええ、奇跡的に」

「これから山上《やまがみ》家に連れて行こうと思っていたのですが」

「山上家って、公爵家の？」

虫明は深々と頷《うなず》く。

山上家というのは祁答院家と同格の一族で、華族の中でも一目置かれた存在である。

たまにご当主様が料亭〝花むしろ〟に顔を出すことがあった。夫よりも年上で、近付きがたい雰囲気《ふんいき》をまとう、繊細《せんさい》そうな青年だったような記憶が残っている。

「奥方様、山上家の者達は、傷ついたあやかしを匿《かくま》う役割を担《にな》っているんです」

「そう、だったの。知らなかったわ」

なんでも、罪のないあやかしを襲撃する事件については、昔から悩みの種だったらしい。

同族を傷付けられたあやかしは、人々に復讐《ふくしゅう》する。襲撃を受けた人々は、さらにあやかしを恨むようになるのだ。そんな負の連鎖を断ち切るために、あやかしを保護し、匿い守るのが山上家の者達だという。

「祁答院家が表鬼門《おもてきもん》を、山上家が裏鬼門《うらきもん》を守っていると言われております」

裏鬼門というのは、表鬼門の南西側にあるあやかしの通り道で、表鬼門同様に幽世《かくりよ》と現世の境目となっている。

裏鬼門は表鬼門ほどあやかしの出入りが多いわけではないが、強力なあやかしの出入りが記録されているらしい。

「御上は表鬼門と裏鬼門に実力のある祁答院家と山上家を配置させた、というわけです」

ちなみに、祁答院家と山上家の者達は超絶仲が悪いらしく、何百年も絶縁状態らしい。

「ただ、仲がよろしくないのは本家の方々のみで、分家の者達は僅《わず》かでありますが、交流があったと聞きます」

そのため、今回、もしも豆狸の状態がよくならなかったら、山上家の者達に託すつもりだったようだ。

「ご主人様にも、この件はお知らせしておきますね」

手紙でも送るのかと思いきや、虫明が懐《ふところ》から細い竹筒《たけづつ》を取り出す。そこから、ドジョウみたいな長さの狐がひょっこり顔を覗《のぞ》かせる。

あれは、管狐《くだぎつね》だ。

虫明は管狐に豆狸について伝えると、何度かこくこく頷き、風のように飛び立っていった。私がじっと見つめているのに気付いた虫明は、にっこり微笑《ほほえ》みながら言った。

「奥方様もご主人様に用がありましたら、いつでもおっしゃってください。管狐を用意しますので」

「ええ、ありがとう」

虫明は受け取った羽釜で眠る豆狸を覗き込み、何かを確認するように頷いていた。

「豆狸は大丈夫そうですね。わたくしめが預かっておきますので、奥方様はおもてなしの準備をなさってください」

「あ、そうだったわ！」

豆狸の救助に必死で、天邪鬼《あまのじやく》へのおもてなしについてすっかり失念していた。

「虫明、この子のこと、お願いね」

「かしこまりました」

慌てて台所へ行き、献立《こんだて》を考える。

「先付けは炒《い》った椎《しい》の実《み》で、昨日買った鱧《はも》のお吸い物にしましょう。野菜は秋の食材を使った吹き寄せがいいかしら？」

吹き寄せというのは、煮込んだ野菜を彩り美しく装《よそ》った料理である。秋は根菜がたくさん採れるので、今が旬《しゅん》の一品が仕上がるだろう。

「焼き物は秋刀魚《さんま》の塩焼きにして、蒸し物は茶碗蒸《ちゃわんむ》しに、揚げ物はマイタケにしましょう」

あとはワカメの酢の物に、栗ご飯、赤味噌仕立ての味噌汁、水菓子として有《あ》りの実でも剝《む》こう。

豆狸の保護に思っていた以上に時間をかけてしまったようだ。伊万里やお萩の手だけでは足りないので、他の天狐《てんこ》にも手伝いを要請する。

私は吹き寄せ作りに取りかかる。鰹節《かつおぶし》と昆布で出汁《だし》を作っている間に、下ごしらえをしなければならない。

まずは干しシイタケは水で戻す時間なんてないので、しばらくお湯に浸けておく。本来ならば一晩かけるのだが、仕方がない。

レンコンは輪切りにして水にさらし、サトイモは皮を剝いて塩でぬめりを取り除く。ぎんなんがあればよかったのだが、残念ながらまだ旬ではない。代わりに栗を入れておく。

ニンジンは紅葉《もみじ》の形に飾り切りを行う。これは料亭〝花むしろ〟で働いていた時代に、料理長から教わったものだ。

包丁の扱いが非常に繊細で難しいが、これを吹き寄せに入れるとぐっと華やかになる。ひと目で秋を感じられるのもいい。

そんなわけで、紅葉の飾り切りに挑んだ。

他、カボチャやカブ、ゴボウを切り分け、干しシイタケの出汁で煮込む。

しばし煮込んだら、薄口醬油《うすくちじょうゆ》、みりん、砂糖、塩で味付けして、別に煮ていた栗を入れたら完成だ。

その後もバタバタと大急ぎで料理を作り、なんとか完成させることに成功した。

あとは、湯を浴び、おもてなしのための装いに着替える。お萩と一緒に選んだ落《お》ち栗《ぐり》色の小紋《こもん》に、紅葉の帯を合わせてみる。少々地味だが、秋の風情《ふぜい》を感じられていいだろう。

髪は三つ編みに結い上げて後頭部でまとめた。

「奥方様、髪飾りはいかがなさいますか？」

お萩が漆《うるし》の入れ物に並べられている櫛《くし》をこちらへ見せる。

秋なので、菊や薔薇《ばら》、桔梗《ききょう》辺りの髪飾りがふさわしいだろう。しかしながら、今宵《こよい》のお客様は天邪鬼である。夫から貰《もら》った大切な櫛に悪戯《いたずら》されたら大変なので、髪飾りはしないでおこう。

「でしたら、生花を飾るのはいかがでしょうか？」

お萩は花瓶《かびん》に活《い》けられていた桔梗を示す。

「いいわね。お願いできる？」

「かしこまりました」

生花の髪飾りなんて初めてだ。華やかで、落ち着いた雰囲気がとてもいい。姿見で確認していたら、夫の帰宅が知らされた。玄関に急ぐ。

座布団の上で眠っていた八咫烏《やたがらす》も、ハッと起き上がり、私の肩に留まった。

「八咫烏、旦那様《だんなさま》をお迎えに行きましょう」

「カア！」

私が走るからか、八咫烏も翼をバサバサとはためかせる。それで移動が早くなるわけではないのだが、今は突っ込んでいる暇はない。

「旦那様、おかえりなさいませ」

「ただいま」

想定よりも早い帰宅である。まだ、夕暮れ時であった。おもてなしの準備が整っていることと、豆狸《まめだ》を保護した旨《むね》を報告する。

「あやかしを匿《かくま》う山上家について知らず、勝手な行為を働いてしまいました」

「うちの敷地内で起きたことだから、気にするでない。むしろ、よくやったと言いたいくらいだ」

その言葉を聞いて、ホッと胸をなで下ろす。

「茶釜《ちゃがま》を所望《しょもう》しておりましたが、豆狸が入る寸法のものはなく、私の嫁入り道具の羽釜《はがま》に入れたら落ち着いたようです」

「なるほどな」

「なぜ、羽釜でよかったのかはわかりませんが」

「瀬那の羽釜は、特別な品ではないのか？」

夫に指摘され、小首を傾《かし》げる。

「持参した羽釜は、申し訳ないことに新品ではなくて、その、料亭〝花むしろ〟で長年使っていた品だったのです」

料理長が好きな道具を持っていっていいと言ったので、使い慣れた羽釜を譲《ゆず》ってもらったわけである。

毎日羽釜を洗い、手入れをしていたので、愛着もあったのだ。

「長く大切に使われていた品は、不思議な力を持つ。嫁入り道具の羽釜だったからこそ、容体が落ち着いたのだろう」

「そういうわけだったのですね」

年月が過ぎたものには付喪神《つくもがみ》のような命が宿ると言われている。そういった不思議な力が、豆狸に働いたのかもしれない。

ここで虫明が、風呂の用意ができたと報告してくる。

「では瀬那、またあとで」

「はい」

返事をすると夫は何を思ったのか、私の頭を撫《な》でてから去っていく。不意打ちのよしよしに、盛大に照れてしまった。

これから天邪鬼を迎えるため、気を引き締めていたというのに。一気に脱力状態になる。

その場に蹲《うずくま》らなかった私を褒《ほ》めてほしい。それくらい、夫が頭を撫でる行為は破壊力があったのだ。

と、夫の行動に照れている場合ではない。天邪鬼を迎えるために、気を引き締めた。

一時間後——夫は着流し姿でやってきた。いつもより、かなり身軽な恰好《かっこう》である。

「あの、旦那様。お召し物はそれでよろしかったのですか？」

「天邪鬼を迎えるのに、きちんとした服装なんてしなくていい」

「そ、そうなのですね」

「瀬那は、美しく着飾ったのだな」

「えっと、その、はい」

美しいと評したのは着物だ、と自分に言い聞かせておく。

「髪飾りは生花なのか」

「ええ、お萩が飾ってくれました」

「よく似合っている。きれいだ」

夫は私の頰《ほお》に軽く触れ、微笑《ほほえ》みながら言ってくれる。これはもう、花に対する言葉だとは思えない。照れる気持ちを押し隠しながら、消え入りそうな声で「ありがとうございます」と返した。

まだ天邪鬼がやって来る気配はない。おもてなしをする前に、ちゃちゃっと食べられるよう、料理をお弁当箱に詰めておいたのだ。

「あの、旦那様、今、ちょうど紅葉《もみじ》が紅葉《こうよう》しているんです。よろしかったら、縁側に座って紅葉を見ながら夕食をいただきませんか？」

「ああ、いいな」

そんなわけで、縁側に移動し、おもてなし用に作った食事をいただく。

おにぎりにした栗ご飯と、秋の吹き寄せ、マイタケの天ぷらに、秋刀魚の塩焼きを詰めたお弁当である。お萩がお味噌汁とお茶を持ってきてくれた。敷物が広げられた縁側に座り、食事をいただく。

紅葉《こうよう》しているのは七割くらいか。それでも、十分美しい。

お茶を一口飲んで、紅葉を見上げる。すると、忙《せわ》しなかった心がホッと落ち着いたような気がした。

「ここにある紅葉が、このように美しいとは知らなかった」

「あら、ご存じなかったのですね。毎年ご覧になっているとばかり」

「これまでバタバタと過ごしていて、気付いていなかったのだ。瀬那のおかげで、こうして紅葉を目にすることができた」

天邪鬼を迎える前で、落ち着かない中で急いで夕食を食べるのはどうなのか、と思っていた。けれども、喜ぶ夫が見られたのでよかった。

「いただこうか」

「はい」

栗ご飯は糯米《もちごめ》を混ぜているので、ふっくらもっちりと炊《た》き上がっている。栗もホクホクしていて、驚くほど甘い。きっと、天邪鬼も気に入ってくれるだろう。

「瀬那が作った吹き寄せは見事だな。特に、この紅葉の形に切ったニンジンが美しい。それだけでなく、出汁がよく染みていてとてもおいしい」

お褒めの言葉をいただき、頑張ってよかったと思う。

旬《しゅん》の秋刀魚は脂《あぶら》が乗っていて絶品である。今度は皮にパリッとした焼き目が入った、アツアツのものを食べたい。マイタケは冷めても衣がサクサクだった。味が濃く、塩をかけなくてもおいしいくらいだ。

どれもおいしく仕上がっていた。ペロリと完食してしまう。

「思いのほか、ゆっくり食べることができたな」

「そうですね」

なんて会話をしているうちに、鬼門《きもん》が開く鈴の音が耳をかすめた。ついに、天邪鬼がやってきたようだ。

私と夫は玄関で天邪鬼を待ち構える。

しばし待機していると、遠くから甲高《かんだか》い喋《しゃべ》り声が聞こえてきた。それと同時に、大量の枯れ葉が降ってくる。

今回は屋根の下にいたので、こちら側に被害がなかった。

「天邪鬼め、やってきたな」

上下に跳ねる黒い影が、こちらにどんどん接近してくる。あれが天邪鬼のようだ。

天邪鬼は単体ではなく、複数体いると聞いていた。今日、確認できたのは四体である。

何やら賑《にぎ》やかな様子でやってきた。

「玄関周り、枯れ葉だらけにしてやったよ、うきうき！」

「おいおい、来てやったぞ、こんちくしょー！」

「相変わらず、しみったれた家で可哀想《かわいそう》、しくしく」

「突然、押しかけてやったぞ、わくわく！」

大変賑やかな、喜怒哀楽が押し寄せてきた。

天邪鬼の姿は鞠《まり》に似ていて、額からは小さな角《つの》が生えている。円《つぶ》らな目と口があり、短い手足があるという、なんとも可愛《かわい》らしい姿をしていた。

うきうき、と喜んでいた黄色の子は笑顔で、こんちくしょー！　と怒っていた赤色の子は目をつり上げている。しくしくと哀しんでいた青色の子は泣いていて、わくわくと楽しんでいる橙《だいだい》色の子は無邪気な様子でいた。

「この子、誰？　うきうき！」

「紹介を、受けてないぞ、こんちくしょー！」

「こんな家にやってきて、可哀想、しくしく」

「〝けどーいん〟とどんな関係なんだ？　わくわく！」

天邪鬼は初めて見る私に興味津々《しんしん》な様子だった。周囲を取り囲み、ぴょんぴょんと跳ね回っていたものの、夫が私を家の中へ隠すように腕を引いた。

「その娘《こ》のこと、よく見せろ、うきうき！」

「隠すんじゃねーぞ、こんちくしょー！」

「独占欲が強すぎる、しくしく」

「隠れんぼか？　わくわく！」

「うるさい」

夫が一言物申すと、天邪鬼達は激しく跳ね回った。

そして——ピカッと稲光《いなびかり》みたいな閃光《せんこう》が差し込むと、夫の結んでいた髪紐がスパッと切れてしまった。

夫の長くまっすぐな美しい髪が、はらりと流れていく。

驚いた。髪まで切ってしまったのかと思ってしまったから。

「逆らったから、こうなったんだよ、うきうき！」

「次は髪ごと分断するぞ、こんちくしょー！」

「もしくは、毛根ごと引き抜く、しくしく」

「そうなったら、その子、逃げてしまうかも、わくわく！」

どうやら、髪紐が切れたのは天邪鬼達の仕業《しわざ》だったらしい。夫はうんざりした様子でいた。このまま邪険にし続けたら、夫はさらなる害を被《こうむ》るだろう。

私は一歩前に出て、天邪鬼の前で自己紹介をする。

「あの、はじめまして。私は妻の瀬那、です。以後、お見知りおきを」

私も結んだ髪を解かれるかもしれない、と思ったが、何も起こらなかった。代わりに、キーキーと騒ぎ始める。

「〝せな〟、可愛いねえ、うきうき！」

「丁寧《ていねい》な挨拶《あいさつ》をしてくれるじゃないか、こんちくしょー！」

「〝けどーいん〟と違って、優しくて、泣けてくる、しくしく」

「人妻だー！　わくわく！」

想定よりも、好印象（?）であった。ホッと胸をなで下ろす。だが、隙《すき》は絶対に見せてはいけないだろう。

「あ、〝やたがらす〟もいるよ、うきうき！」

「丸々と太ってやがるな、こんちくしょー！」

「神聖な鳥が、鳩のようになって、しくしく」

「丸焼きにしたら、おいしいかも、わくわく！」

天邪鬼《あまのじやく》達の発言を聞いた八咫烏《やたがらす》は、ゾッとしたのか「カー！」と悲鳴を上げるように鳴き、家の中へと飛んでいってしまった。

ひとまず立ち話もなんだ。彼らも案内しよう。

「ようこそお出《い》でくださいました。どうぞ、中へ」

跳びはねつつ、うるさくしていた天邪鬼達であったが、私の言葉を聞いて固まる。

「家、入っていいの？　うきうき」

「俺達、出禁なんだが、こんちくしょー」

「〝けどーいん〟は、いつも追い返すんだ、しくしく」

「でも、入っていいんだね？　わくわく！」

夫を見ると、眉間《みけん》に皺《しわ》を寄せた表情でこくりと頷《うなず》いていた。問題ないようなので、彼らを表座敷へと案内する。

囲炉裏《いろり》がある客間にやってきた天邪鬼達は、少し緊張した様子でいた。そんな彼らに、声をかける。

「おもてなしの料理を用意しました。ぜひ、召し上がっていってください」

「料理？　うきうき！」

「おもてなしってなんだよ、こんちくしょー！」

「ぶくぶく太らせて、食べるの？　しくしく」

「料理をふるまってもらうなんて、初めてだ！　わくわく！」

天狐《てんこ》達が膳《ぜん》に載った料理を運んできてくれた。夫が丹精込めて育てた秋野菜と、裏山の恵みを使った料理である。

天邪鬼達は膳を覗《のぞ》き込むと、瞳をキラキラ輝かせていた。

「秋の山みたいな料理だ！　うきうき！」

「うまそうじゃないか！　こんちくしょー！」

「美しすぎて、泣けてくる。しくしく」

「おいしそう！　わくわく！」

天邪鬼達は慣れていないであろう箸《はし》を器用に摘《つ》まみ、料理を食べ始める。

「これは、炒《い》った椎《しい》の実《み》だ。香ばしくておいしい！　うきうき！」

「こっちは栗ご飯だ。甘くて、うまいぞ。こんちくしょー！」

「紅葉の煮物は絶品だ。それだけでなく、美しい。感動した。しくしく！」

「それ以外の料理は、どんな味がするんだろう？　わくわく！」

賑やかにお喋りしながら、天邪鬼達は料理を食べ続ける。夫は腕を組み、監視するように見つめていた。

夢中で料理を頬張《ほおば》る天邪鬼達がもっとも気に入ったのは、炒った椎の実だった。

「これ、おいしい！　うきうき！」

「初めて食べるぞ、こんちくしょー！」

「香ばしくて、癖《くせ》になる、しくしく」

「どんどん食べるぞ、わくわく！」

手の込んだ料理よりも椎の実がおいしかったなんて……。でもまあ、気に入ってもらえて嬉しいことに変わりはない。

あっという間に完食した天邪鬼達は、満腹になったお腹を上に向けて寝転がる。その姿は愛らしいとしか言いようがなかった。

ここでやっと、夫が息を吐く。これ以上悪さをしないと判断したのだろうか。

「あ、旦那様《だんなさま》。髪を結びますね」

「いいのか？」

「はい、お任せください」

帯に忍ばせておいた紐で、夫の髪を結ぼう。櫛《くし》は持ち歩いていないので、軽く手で梳《す》くようにして縛《しば》った。

「すみません、あまり綺麗《きれい》ではないのですが」

「いいや、助かった。ありがとう」

夫が淡く微笑《ほほえ》んだので、つられて笑ってしまう。そんな私達を見つめる天邪鬼達の姿に気付いてしまった。

「いちゃいちゃしている、うきうき！」

「周囲の目を盗んで、何をやっているんだ、こんちくしょー！」

「髪を自分で結べないとは、可哀想《かわいそう》に、しくしく」

「もっといちゃいちゃ見せろ！　わくわく！」

眠っていると思っていたのに、いつの間にか目覚めていたようだ。からかわれてしまい、頬がカーッと熱くなる。

「静かになったのは、いっときの間だったな」

「元気なのは、いいことかと」

その言葉を聞いた天邪鬼達は、「そらみたことかー！」と言い、夫を指さしてケラケラと笑っていた。

どんちゃん騒ぎが一晩中続くのかと思っていたが、天邪鬼達は思いのほか早めに帰る。

玄関先で、あるお札を私に差し出してきた。これはいったい何なのか？

身をかがめると、耳元でヒソヒソ話をするように教えてくれた。

「〝せな〟、これをあげよう！　うきうき！」

「これは、〝嘘を暴くお札〟だ、こんちくしょー」

「〝けどーいん〟は嘘吐きだから、使うといいよ、しくしく」

「足りなくなったら、いつでも言えよな！　わくわく」

夫にも使えるように、どういったお札かは教えるなと助言し始める。

「瀬那、何を受け取った？」

「なんでもないよ、うきうき！」

「お前は知らなくていい、こんちくしょー！」

「これは秘密だ、しくしく」

「なんでもかんでも、聞くんじゃない、わくわく！」

夫は肩を竦《すく》め、呆《あき》れた様子でいた。それ以上追及せずに、しまっておけと手で示す。

「瀬那、うるさいから早く受け取ってやれ」

「はい」

〝嘘を暴くお札〟を受け取ると、天邪鬼達は回れ右をして、タタタタ！　と足音を立てていなくなる。

強い風が吹くと、姿が消えてしまった。

「なんというか、賑《にぎ》やかな子達ですね」

「まったくだ」

無事、見送れたので、ホッと胸をなで下ろす。

貰《もら》ったお札について報告しようとしたのだが、夫はいいと言って断った。無理に聞き出したら、あとから天邪鬼が文句を言うかもしれないから、と理由を聞かせてくれた。

害のないお札なのでまあいいか、とありがたく受け取っておく。

「今日は瀬那がいたからか、大した悪戯《いたずら》はしなかったな」

「いつもは、どういった行動をされるのですか？」

「それは――庭の花をすべて刈り取ったり、池に鯉《こい》を増やしたり、蛙《かえる》を空から降らせたり……しようもない悪戯ばかりだ」

夫がこれまでされたことを振り返ったら、今日の悪戯はかなり軽いほうだったのだろう。

「それにしても、よく天邪鬼達を上手《うま》く扱ったな」

「小さな子どもだと思って接しただけです」

子どもは大人をよく見ている。喜びを示せば喜び、怒れば同じように怒り、哀しめば涙を流す。楽しむときは、大人も子どもも一緒だ。

「たしかに、言われてみれば、天邪鬼はただの悪ガキだな」

夫の言葉に、深々と頷く。

急遽《きゆうきよ》決定した天邪鬼おもてなし作戦は、大成功だったわけだ。

その後、夫と共に豆狸《まめだ》の様子を見にいく。八咫烏が見守ってくれていたようで、私達に気付くと「カー」と鳴いた。

羽釜《はがま》の中で丸まって寝息を立てる豆狸を、夫と一緒になって覗き込む。

「気持ちよさそうに眠っているな」

「ええ、本当に」

発見したときは苦しげだったが、今の豆狸は安心しきって目を閉じているようだった。

「目覚めるまで、そのままにしていても問題ないだろう」

「わかりました。あの、この子、私の部屋に置いていてもいいでしょうか？」

「問題ないが、瀬那の負担になるのではないのか？」

世話は天狐《てんこ》達に任せてもいいという。けれども、私が助けた子なので、最後まで面倒を見たい。そんな気持ちを夫へ伝えた。

「わかった。何か困った出来事があったら、すぐに報告するように」

「はい！」

そんなわけで、豆狸を部屋に引き取ることとなった。

時刻は丑三《うしみ》つ時《どき》。早く眠らないと、明日に支障が出る。

ここでふと思い出す。今晩から、夫と一緒に眠る約束をしていたのだ。夫はしっかり覚えていたようで、「そろそろ眠るか」と言ってきた。

「では、化粧《けしょう》を落とし、着替えてからいきます」

「わかった」

夫の寝室に布団を用意してもらっているらしい。天狐達には、なんと言って命じたのだろうか。共寝するだけなのに、猛烈に恥ずかしくなってきた。

明日も仕事である夫を待たせてはいけない。そう思い、急いで支度《したく》した。

そして勇気を振り絞《しぼ》って、寝室に向かう。

今日は満月だ。力が満ち溢《あふ》れ、人の姿を保つのは難しいはず。

そう思っていたのだが、夫は人の姿で待っていた。

「あの、化けは解かないのですか？」

「人の姿を保つ訓練をしたい」

「そ、そうでしたか」

以前目にした、九尾《きゅうび》の狐で共寝するのだと信じて疑わなかったのだが、まさかの事態となる。

夫は私に手を差し伸べ、声をかけてくる。

「瀬那、こちらへ」

「は、はい」

何を思ったのか、夫は私を一度抱きしめてから、そのまま優しく寝せてくれた。

夫も隣に寝転がり、布団をかけてくれる。

美貌《びぼう》が眼前に迫り、胸がドキドキと高鳴った。とても眠れるような状況ではない。

目を閉じても、夫の温もりを感じてしまう。逃れ様のない状況に、内心頭を抱えた。

「旦那様、人の姿を保つのは、お辛《つら》くないのですか？」

「こうして瀬那が隣にいたら、ぜんぜん辛くない」

「さ、さようでございましたか」

どうしてこうなってしまったのか、と思わなくもない。けれども夫は辛くないようなので、これでいいのか、と自分に言い聞かせた。

第二章　妖狐夫人は、義理姉夫婦を迎える

天邪鬼《あまのじゃく》がやってきてからというもの、毎晩のように夫と共寝していた。緊張して眠れないので、絶対に寝不足になる！　と思っていたのだが、夫の温もりを感じているうちに熟睡してしまうのだ。

これまでは何度か起きていたものの、それもなくなった。夜明けは冷え込むので、目を覚ましていたのだろう。夫という湯たんぽを得て、ぐっすり眠れるようになったとしか思えなかった。

夫は夫で、夜の変化が安定するようになったらしい。ただ、私が夫の感情を揺さぶってしまったさいには、耳や尻尾《しっぽ》が生えてしまうのだが。

まあ、これはふたりきりのときに限定しているので、大丈夫なのだろう。たぶん。

季節は巡り、秋が深まっていく。

庭にある銀杏《いちょう》の葉がはらり、はらりと舞い始めた。同時に、銀杏の季節となる。

伊万里《いまり》や八咫烏《やたがらす》と共に拾い集め、おやつとして炒《い》って食べた。

銀杏を食べていると、秋だなと実感してしまう。同時に、冬の気配を感じるようにもなる。今年はどんな冬になるのだろうか。

祁答院《けどういん》家で初めて過ごす冬に、思いを馳《は》せてしまった。

◇◇◇

先日拾った豆狸《まめだ》だが、十日ほどぐっすり眠ったあと、目を覚ました。

「うーん、んん!?」

見慣れぬ部屋に連れ込まれていたので、びっくりしたのだろう。顔を上げた姿勢のまま、硬直してしまう。

八咫烏もいたので、余計に驚いたに違いない。

私や八咫烏が身じろいだだけで、ビクッと体を震わせ、怯《おび》えるような表情を浮かべる。

この子も伊万里のように、人から酷《ひど》い目に遭《あ》ったのだろうか。

だとしたら、私について教える必要があるだろう。

「安心して。私は妖狐《ようこ》なの。あなたを害するつもりはないわ」

「に、人間じゃないの？」

「ええ、そうよ」

変化を解き、妖狐の姿となる。それを見た豆狸は、目を丸くしていた。

「えええええ!?　本当に、人間じゃないんだ!!」

蓮水《はすみ》家の者達の〝化け〟は、同じあやかしを欺《あざむ》けるほどの完成度らしい。九尾の狐である夫も気付かなかったくらいだ。

「どうして、わたしをここに連れてきたの？」

「それは、心配だからよ」

「心配？」

「そう。酷く苦しんでいたから、保護したの」

豆狸が返事をするよりも先に、お腹がぐーっと鳴った。ずっと眠り続けていたのだ。空腹になるのも無理はないだろう。

伊万里に頼み、菓子器《かしき》から、昨日蒸した饅頭《まんじゆう》を取り出してもらう。それを、豆狸へと差し出した。

「どうぞ、召し上がれ」

豆狸は戸惑いの表情で饅頭を見つめている。受け取らないので、八咫烏に与えた。饅頭が大好物な八咫烏は、嬉しそうにパクパク頬張《ほおば》り始める。

「たくさんあるから、あなたも食べて」

「いいの？」

「もちろん」

豆狸は饅頭を受け取り、かぶりつく。口にした瞬間、瞳に光が戻ってきた。その後、夢中になったようにハグハグと食べてくれた。

「おいしかった！」

「そう。よかった。まだいる？」

「いる！」

よほどお腹が空いていたのか、豆狸は五個も饅頭を平らげた。

「饅頭、おいしー！」

無邪気な様子を見せる豆狸に手を伸ばし、頭を撫《な》でようとした。だが、目をぎゅっと閉じ、私を怖がるように身を竦《すく》める。

「あ――ごめんなさい」

「わ、わたしも、ごめんなさい」

この子は何かに怯えている気がする。ここに来るまで、いったい何があったのか。気になるけれど、今はまだ信頼を築いていない状態なので聞かないでおこう。

代わりに、彼女が安心できるような言葉をかけておく。

「行く当てがなかったら、ずっとここにいてもいいからね」

「え、いいの？」

「ええ」

すると、豆狸はやっと安堵《あんど》するような表情を見せる。彼女の心の傷が癒《い》えるまで見守っていこう、と心の中で誓った。

◇◇◇

一日の終わり——夫と共に布団で横になりながら、少しだけ会話をする。こうして一緒に寝始めてしばらく経ったものの、いっこうに慣れないでいた。

距離があまりにも近い。いつまで経っても、夫の美しさに慣れない私がいた。

「瀬那、明日は何か予定があるか？」

「いいえ、特にございませんが」

明日は夫の休日だという。なんでも休みが少ないと訴えたところ、急遽《きゅうきょ》休みになっていたらしい。

「これまでずっと、十日に一回ほどあるかないかだった」

「十日に一回の休日は少なすぎますよ」

「結婚するまでは、休日なんて一日たりとも必要ないと思っていたのだがな……」

なんでも家の居心地が悪かったらしい。そのため、朝早く出勤し、夜遅くに帰るという生活を繰り返していたようだ。

「なぜ、居心地が悪かったのですか？」

「大半は、叔父《おじ》が原因だな。三年ほど前までは毎日のように我が家に入り浸り、自分が当主のように好き勝手に振る舞っていたのだ」

義姉、夫のお姉さんと叔父の仲がよかったため、拒否もできなかったのだという。

「姉が家を出たあとは、叔父に敷居をまたがせなかった」

「縁を切った、ということですか？」

「まあ、そうだな」

屋敷で働いていた者達は、すべて夫の叔父が集めた者達だったらしい。時折、夫を監視するような行動を取っていたので、縁を切ったのを機に解雇したのだとか。

「それから、屋敷で働く者達はすべて天狐《てんこ》にしたのだが、家が居心地よくなるわけではなかった。ただ、家の中が静かになっただけで、大きな変化はなかったように思える」

屋敷には幼少時からの記憶が染みついていて、すぐに払拭《ふっしょく》できるものではなかったという。居心地がよくならない日々は続いたと夫は語る。

「ここが心地よい家になったのは、瀬那《せな》、そなたがやってきてからだ」

「私が、ですか？」

「ああ。瀬那がいるだけで、屋敷全体にやわらかな太陽の光が差し込むような、温かな空間にしてくれる。結婚して数日と経たずに、家に帰るのが楽しみになっていた」

「な、なんと言いますか、その、光栄です」

結婚するという噂《うわさ》を聞きつけ、夫の叔父が接触を取ろうとしたらしい。けれども、夫は取り合わなかったようだ。

「結婚式にも、叔父どころか親戚《しんせき》は誰も呼ばなかった」

ちなみに結婚式に来ていた親戚の人達は、すべて天狐が化けたものだったようだ。あのときの私はいっぱいいっぱいで、天狐達にまったく気付いていなかった。

「そういえば結婚式の日に、旦那様《だんなさま》は私に、〝一度、祁答院家の門をくぐったら、二度と実家には戻れないと思え〟なんて言っていましたよね？」

「たしかに言ったな」

「実際は実家に帰してくれましたが、あれはいったいどういう意味だったのですか？」

夫は険しい表情で、結婚式の当日を振り返る。

「結婚式の日は、まったく余裕がなかった。会場にいた若い男共が、瀬那と結婚できた私に、羨望《せんぼう》の眼差《まなざ》しを向けていたから」

「それは、気のせいではありませんか？」

「いいや、そんなことはない。瀬那を他の男の目に触れさせないように、言ったような気がする」

「そういうわけだったのですね」

当時の私は夫の凄み顔と共に発せられた言葉に、命の危機を感じていたのだ。

「ただの嫉妬《しっと》だった。振り返ってみると、酷《ひど》い言葉だったな」

すまない……と謝る夫の頭から、狐の耳がぴょこんと生えてくる。その耳は申し訳なさそうに、ぺたんと伏せた状態になった。

「瀬那、どうした？」

「あの、お耳が出ております」

「またか」

こうしてお喋《しゃべ》りしていると、夫はたまに変化を保てなくなる。そのたびに、私が耳を押さえ込んでなくしているのだ。

今日も夫の耳をぎゅうぎゅうと押さえる。しばらくすると、耳は引っ込んでいった。

「夜はどうしても、制御が難しいな」

「これまで狐の姿で寝ていることを考えたら、人の状態を保っているだけですごいですよ」

「そうか。ならば、これからも訓練に付き合ってくれ」

「私でよろしければ、ぜひ」

夫の発言の真意を知ることができてよかった。やはり、こうして会話を重ねるのは大切なのだろう。

話は明日の休日に戻る。

「して、明日は、街にでも出かけようか？　そろそろ、冬用の着物が必要だろう？」

「旦那様、着物は季節に問わず、十分にございます」

「しかしそれは、私が結婚前に用意した着物だろう？　自分が気に入る着物を仕立てるとよい」

「家にあるお着物は、どれも素敵なものばかりです。新たに増やす必要はありません」

そう答えると、夫はつまらなそうな表情で「なるほど」と返す。

「着物以外で、必要な品はないのか？　なんでもいい。言ってみろ」

着物も、宝飾品も、家具も、食べ物も、十分過ぎるほどにある。わざわざ夫の休日を使ってまで、買いにいくような品は思いつかなかった。

「せっかくの休日だから、瀬那に何か品物を贈ろうと思ったのに」

「すでに過分なほど、いただいております」

「だったら、明日は何をする？」

「そうですねえ……あ！　庭で焼きイモを作るのはいかがでしょうか？」

「焼きイモ、だと？」

「ええ。枝を集めて、火を焚《た》いて、そこでサツマイモを焼くんです。おいしいですよ」

これまでは従弟《いとこ》の奏太《そうた》としていたのだが、毎年の楽しみだった。今年は誰を誘おうかと考えていたところである。せっかくなので、夫にも堪能《たんのう》してもらいたい。

先日、天邪鬼《あまのじゃく》達が玄関前に降らせた枯れ葉を使えばいいだろう。枯れ葉はあのあと庭師が集めて、何かに使えるかもしれないから保管していると言っていたのだ。

「そろそろサツマイモは熟成されて、おいしくなっているかもしれませんし」

「瀬那、サツマイモが熟成するというのは、どういうことだ？」

「サツマイモを適した環境に置いておくと、デンプンが糖化《とうか》して甘くなるんですよ」

熟成方法は簡単だ。収穫した泥付きのサツマイモを、新聞紙に包んで床下収納に入れておくだけだ。

「熟成させると、甘さが二倍以上になるサツマイモもあるそうです」

「そんなに違うのだな」

熟成期間を置くとサツマイモも水分が抜けていき、その分甘さが蜜のようにぎゅぎゅっと濃縮されるのだ。

「まだ、収穫して一ヶ月程度ですが、二ヶ月ほど経ったらもっとおいしくなると思います」

「ならば、また一ヶ月後にしなければならないな」

「そうですね」

夫と過ごす休日の予定は、焼きイモ大会に決まった。

「では、明日のために、早めに眠ろう」

「そうですね。焼きイモ大会に備えましょう」

「焼きイモ大会とはなんだ?」

夫から不思議そうな目で見られる。しどろもどろになって説明した。

「えーっと、焼きイモ大会というのはですね、その、奏太と一緒にしていた焼きイモをする日を、そう呼んでいただけなんです」

人数にしてふたり、焼くサツマイモはひとり二本。なんとも規模の小さな大会である。それについて説明したら、夫に笑われてしまった。

「すみません、忘れてください」

「いいや、面白い。焼きイモ大会を楽しみにしている」

「ううっ……！」

夫は微笑《ほほえ》みながら私の頰《ほお》を撫《な》でる。まるで幼子に触れるような、優しい手だった。

「おやすみなさい、瀬那」

「おやすみ、旦那様」

私達の平和な夜が、過ぎていく――。

◇◇◇

いつものように畑仕事を終え、朝食を軽く済ませた私達は、焼きイモを作るために庭を目指す。天気や気温にも恵まれ、焼きイモ大会日和《びより》だった。

天狐達の手を借りずに、私達だけでするので、伊万里やお萩《はぎ》、虫明《むしあげ》は遠巻きに見ていた。

それを発見した夫が、ふたりきりにさせてくれと言い、下がらせる。

夫は腕を組んで庭に立ち、気合いたっぷりな様子でいた。

「さて、と。瀬那、焼きイモ大会を始めるか」

「はい」

私がうっかり焼きイモ大会と口にしてしまったばかりに、規模の小さな大会が開かれてしまった。

「さて、何からしようか」

「そうですね」

庭師が枯れ葉を置いていた。だが、これだけでは足りない。

「旦那様、これから庭で枝拾いをしましょう」

「わかった。枝は何がいいのか？」

「では、火持ちがいい、椚《くぬぎ》や楢《なら》、桜《さくら》の枝を拾ってきていただけますか？」

「わかった」

私は焚きつけ用に杉《すぎ》や松《まつ》、檜《ひのき》を探しに行こう。

祁答院家の庭は広く、さまざまな木があるのだ。夫と別れ、枝探しに出発。

松や杉はすぐにわかったが、檜が見つけられなかった。結局、枝打ちしていた庭師から木のありかについて教えてもらい、枝を集めたのだった。

思っていた以上に時間をかけてしまった。しかしながら、夫はまだ戻ってきていない。

十分後——夫は大量の枝を背負いカゴに入れて戻ってきた。

「すまない、待たせた。早かったな」

「私は庭師に枝のありかを聞いたので、手早く集めることができたんです」

「なるほど。その手があったか」

夫は三回くらい焼きイモが作れそうなほどの枝を持ち帰っていた。

「少なかったか？」

「いえいえ、十分過ぎるほどです。ありがとうございます。それにしても短い時間でこんなにたくさん集められるなんて、すごいですね」

「何、大したことではない」

と口では言っていたものの、夫は狐耳を生やし、おまけに尻尾《しっぽ》まで揺らしていた。私が褒《ほ》めたので、嬉しくなったのだろうか？

「旦那様、お耳と尻尾が……」

「む！」

夫は眉間《みけん》に皺《しわ》を寄せつつ、耳と尻尾を確認する。小さく「またか」と呟《つぶや》き、私がいるほ

う へ体を傾ける。耳を引っ込めさせろと言いたいのだろう。

「いつもすまない、瀬那」

謝罪する夫の耳は、ぺたんと伏せられる。尻尾も力なくだらりと垂れていた。

「いえいいえ、お気になさらず」

むしろ、夫の狐耳に触れるというのはご褒美《ほうび》である。

私は両手で撫でるように、耳をぎゅうぎゅうに押し込んだ。尻尾は私が軽く触れただけで、消えてなくなる。

「もう大丈夫みたいです」

「感謝する」

気を取り直して、焚《た》き火《び》作りを行う。

まず、枯れ葉を山盛りに置き、その上に燃えやすい針葉樹《しんようじゅ》の枝を積んでいく。

「火を――」

「私に任せろ」

火打ち石を持っているのかと思っていたが、夫の手には何もない。

左右の指を三本立てて重ねる。それに息をフッと吹き込むと、火の玉が飛び出してきた。

見事、火は枝に落ち、ボッと音を鳴らし火が燃え上がる。陰陽師《おんみょうじ》が使う呪術であった。

「旦那様《だんなさま》、さすがです」

「これくらい、たやすいことだ」

火が大きくなってきたら、今度は火持ちがいい広葉樹の枝を追加していく。夫は真剣な眼差《まなざ》しで、焚き火に枝をくべていた。

その間に、私はサツマイモを洗う。鍋《なべ》には黒石を敷き詰め、上にサツマイモを置く。石を入れて焼くことによって、サツマイモがさらに甘くなるのだ。

枯れ葉や針葉樹の枝がすべて燃え、火が落ち着いてきたら、五徳《ごとく》を設置する。その上に、サツマイモを並べた鋳鉄《ちゅうてつ》製の鍋を置いた。

炭と化した大きめの枝を蓋《ふた》に載せる。そうすると、上下から加熱できるのだ。

「瀬那、サツマイモはどれくらいで焼き上がる？」

「一時間くらいですかね」

そこまで火力は強くないので、じっくりゆっくり火を通して焼くのだ。

「ならば、しばし縁側で休もう」

縁側に腰かけた瞬間に、お茶が運ばれてくる。私が休憩《きゅうけい》を提案する前に、天狐《てんこ》に命令していたのかもしれない。

「あ――旦那様、頬に煤《すす》が付いております」

着物の袖《そで》で拭《ぬぐ》ってあげると、夫は即座に頭を片手で押さえ付ける。

「あの、いかがなさいましたか？」

「狐の耳が出ないようにしているだけだ」

私が煤を拭ったことが、嬉しかったらしい。なんて可愛《かわい》らしいのかと、心から思ってしまった。

「それにしても、焚き火作りはなかなか面白いな」

「ええ。奏太も毎年夢中になっていました」

「なるほど。私は奏太と同じ精神年齢だというわけか」

「あ、いえいえ、違います！　私も楽しかったです」

「冗談だ」

真顔で言うので、まったく冗談に聞こえない。そう訴えると、夫は笑い始めた。

「次に焼きイモ大会をするときは、奏太を招待してみようか」

「きっと喜ぶと思います」

たぶん、最初は夫に対して緊張しているだろうが、人懐っこい子なので慣れるだろう。

「瀬那、裾《すそ》に小さな穴が空《あ》いている」

「あ、本当ですね」

いつの間にか火の粉が飛んできたのだろう。まったく気付かなかった。

「新しい着物を仕立てないといけない」

「いえいえ、大丈夫です。これは実家から持ってきた、焼きイモ大会用の着物ですので」

骨董市《こっとういち》で購入した、少しくたびれた着物である。大きな穴が空いたとしても、まったく問題ない。

「我が家で焼きイモ大会をしようと思って、わざわざ持ってきていたのか？」

「いえ、その、祁答院家でどんな仕事でもできるように、汚れてもいい着物を持参していたのです」

「仕事？　なぜ、そなたが働くと思ったのだ？」

「えーっと、それはですねえ……」

明後日《あさって》の方向を向き、そのままこの話題を流したかったのだが、夫はどんどん追及してくる。どうやら逃れられないようだ。

「実家にいるときは、あれやこれやと家族に仕事を命じられるのが、私にとっての普通でした。本妻の子ではなく妾《めかけ》の子でしたので、それが当たり前と思って疑わなかったのです」

基本的に朝から晩まで自主的に料亭〝花《はな》むしろ〟で働いていたものの、家に帰ると本妻の娘である朝子《あさこ》が私に嬉々として仕事を命じてくるのだ。

「朝子のためにお風呂を用意して、そのあとは繕《つくろ》いものを朝までに仕上げるように頼まれ——眠るのはだいたい丑三《うしみ》つ時《どき》でしょうか」

日の出前に起きて朝食作りを手伝い、朝子の身なりを整える。そんな毎日だった。

「祁答院家の当主と蓮水家の妾の娘との結婚は、あまりにも格差がありすぎる。そのため、私は働き手として抜擢《ばってき》されたものだと思っていたんです」

話し終えた瞬間、夫は手にしていた湯呑《ゆの》みを強く握って割った。お茶は入っていなかったが、破片が手に刺さってしまう。真っ赤な血が、ポタポタと滴《したた》り落ちていった。

「だ、旦那様!!」

夫は狐の耳と尻尾を生やす。それだけでは終わらず、九尾《きゅうび》の狐と変化した。

九本の尻尾が、ゆらゆらと揺れる。それは大きく燃え上がる炎のようだった。

『蓮水朝子……絶対に許さん！　呪ってやる！』

「お、落ち着いてくださいませ！　旦那様！」

今にも飛び出していきそうだったので、私は夫に勢いよく抱きついた。いつもしているように、頭を優しく撫《な》でる。

「私は旦那様の妻になれて、とても幸せです！　過去のことなど、どうでもいいのです。

今が大切ですので！」

必死になって訴えると、夫が放っていた禍々《まがまが》しい気は薄くなっていく。

荒ぶった気持ちが落ち着くように、頭や背中をゆっくりゆっくり撫でていった。すると、夫は人の姿を取り戻す。

服などすべて脱げてしまったので、とっさに顔を逸《そ》らす。ごそごそと布がすり合わさる音が聞こえた。

「旦那様、つまらない話をしてしまい、申し訳ありませんでした」

「いいや、感情を制御できなかった私が悪い」

返された声が思いのほか落ち着いていたので、ホッと胸をなで下ろす。

「瀬那、頼みがある」

「なんでしょうか？」

「この前のように、髪を結ってくれ」

振り返ると、夫は髪紐を私に差し出していた。それを受け取り、帯から櫛《くし》を取り出す。

こんなこともあるかもしれないと、持ち歩くようになっていたのだ。

背を向けた夫の髪を丁寧《ていねい》に梳《くしけず》る。相変わらず、烏《からす》のぬれ羽色みたいな美しい髪だ。手触りがよく、櫛通りもいい。そんな髪をまとめ、紐でしっかりと縛《しば》った。

けてきた。


「鏡で確認されますか？」

「いや、必要ない。ありがとう」

夫の着物は少しだけ乱れている。襟《えり》を正してあげると、額を私の頭にこつんと軽くぶつけてきた。

苦しげな様子だったので、心配になる。

「私は、瀬那のことになると、どうしても狭量《きょうりょう》になってしまう」

なんと返していいのかわからない。これからは夫がそうならないように、私も努めないといけないのだろう。

ひとまず、実家の話はしないほうがいい。心に誓ったのだった。

しばし静かな時間を過ごす。夫も落ち着きを取り戻したようだった。

「旦那様、そろそろ焼きイモができたかもしれません」

焚き火に戻り、サツマイモが焼けたかどうか確認する。蓋を開くと、皮に皺《しわ》が寄っていた。見た目は火が通っているように見えるが、竹串を刺してみる。

「瀬那、どうだ？」

「しっかり火が通っているようです」

鍋摑《なべつか》みを装着した夫が、鍋を火から下ろす。ふんわりと甘い匂《にお》いが漂ってきた。

私も鍋摑みを嵌《は》め、サツマイモをひとつ手に取る。ふたつに割ると、湯気が立ち上った。

しっかり焼けているようなので、焚き火の前にしゃがみ込んだ状態でいただく。

まずは、夫が食べるのを見守る。

「──これは、甘い！」

熟成と石焼き工程を経て、サツマイモは想定よりも甘く焼き上がっていたようだ。

「瀬那、見てくれ。蜜でひたひたになっているところもある」

「本当ですね」

私もいただく。サツマイモはふっくらホクホクで、夫の言うとおり蜜のように甘い部分もあった。

石焼きは手間がかかるものの、焼きイモがおいしく仕上がる。

夫と一緒に焚き火を囲み、焼き芋を堪能《たんのう》したのだった。

「たまには、こうして焚き火をするのもいいものだ」

「そうですね」

夫と協力しながら火の後始末をしていると、虫明がやってくる。

「どうした？」

「いえ、それが──」

珍しく、虫明が気まずそうな表情でいた。何かあったのだろうか？

「皐月様《さつき》が、お戻りです」

「なんだと!?」

皐月様というのは、いったい誰なのか。〝戻った〟ということは、この家にかつて住んでいたのだろう。

夫は戸惑う私に気付いてくれたのか、事情を話してくれた。

「瀬那、皐月というのは、三年前に家を出た姉だ」

たしか婚約者と反りが合わず、御用聞きの男性と駆け落ちをした、なんて話を聞いていた気がする。

「どういうつもりで、祁答院家に戻ってきたのか！」

その声色には、怒りが滲《にじ》んでいた。

姉弟《きょうだい》の問題に私が首を突っ込むのはどうかと思ったものの、夫ひとりで行かせたら、気を荒ぶらせてしまうかもしれない。

夫の袖《そで》を摑んで訴える。

「旦那様《だんなさま》、私に、皐月様を紹介いただけないでしょうか？」

「会わなくていい。あれはもう、姉でもなんでもない。そのまま追い返す」

「旦那様、お願いします」

私が引き下がらなかったからか、夫は折れてくれた。義姉を紹介してくれるという。

「正直、瀬那に会わせていいような者ではないのだが」

夫以外の祁答院家の人に会うのは初めてである。妖狐《ようこ》であることが露見しないように、気を抜かないようにしなければならない。

客間に向かうと、突然、二十代半ばくらいの美しい女性が、夫のほうへ駆け寄ってくる。

「伊月《いつき》！　ああ、よかった、元気そうで！」

そのまま抱きつこうとしたが、夫は腕を取って突き放した。

「伊月、何をなさいますの!?」

「姉上、それはこちらの台詞《せりふ》だ」

姉弟の間には、ぴりついた空気が流れている。

「相変わらず、一月の風みたいに、冷たい子ですわね」

「姉上のほうこそ、真夏に降る雹《ひょう》みたいに、空気が読めない人だ」

これ以上、気分が揺すぶられたら、九尾の狐と化してしまう。私は慌てて夫の手を握った。すると、優しく握り返される。ひとまず、夫は大丈夫そうだ。

それにしても、思っていた以上に仲が悪い。世界でただふたりしかいない、血を分け合った姉弟なのに、いがみ合うなんて……。

「あら、そちらのお綺麗《きれい》な女性が、伊月の花嫁ですの？」

好奇心旺盛《おうせい》な瞳で覗《のぞ》き込まれ、少したじろいでしまう。

「彼女は、私の妻の瀬那だ」

「瀬那さん！　初めまして。東雲《しののめ》皐月と申します」

「初めまして、瀬那です。皐月様、どうぞよろしくお願いいたします」

「瀬那さん、わたくしを様付けする必要はありませんわ。皐月って呼んでくださいませ」

義姉を呼び捨てできるわけがない。皐月さん、くらいで勘弁してほしい。

夫は鋭い目で、部屋の奥を見つめていた。やってきたのは、皐月さんだけではなかったらしい。

控えめな雰囲気《ふんいき》の、二十代半ばくらいの男性が座っていた。

そういえば、皐月さんは東雲姓を名乗った。駆け落ちした男性と、正式に結婚したのだろう。と、いうことは、あそこにいる男性は――？

「姉上、そちらの男性の訪問は、知らされていなかったのですが」

「いるって言ったら、追い返されると思っていましたの。だから、裏口から入ってもらいましたのよ」

皐月さんがそう答えると、夫は手を差し伸べる。

「祁答院家の鍵《かぎ》と、結界《けっかい》避けの札を返していただきたい」

なんでも祁答院家の周辺には強力な結界がかけられており、侵入できないようになっているのだとか。

皐月さんは首を横に振り、夫の要望を拒否する。

「いやですわ。これがなかったら、家に帰ってこられないではありませんか」

「もう二度と、帰ってくるな。家を出た者を再び引き入れるほど、私は甘くはない」

「そんな、酷《ひど》いです！」

ひとまず間に割って入り、座って話をするよう促す。夫は明らかに気が昂《たかぶ》っているようだった。落ち着け、落ち着けと念を込めつつ、夫の背中を撫《な》でる。

夫の責める言葉が途切れたのを好機の到来と判断したのか、皐月さんは嬉しそうに結婚相手を紹介し始める。

「こちらは東雲清《きよし》さん」

「どうも、はじめまして」

御用聞きとして何度も祁答院家に出入りしていたようだが、夫と顔を合わせるのは初めてだという。

夫は腕を組み、眉間《みけん》に皺《しわ》を寄せた状態で、剣呑《けんのん》な空気を放っている。そんな相手に、にこやかな表情で自己紹介できる清さんは、常識を逸脱しているように思えてならなかった。

「なぜ、姉上達はここにやってきた?」

「それは、あなたがずっと心配でしたの!　それで、結婚したという噂《うわさ》と共に、財産狙いの結婚相手だった、なんて話を聞いたものですから」

夫はどん!　と机を叩く。お茶が零《こぼ》れる前に、行動を察した虫明が湯呑《ゆの》みを掴んで退避してくれた。さすが、長年祁答院家に仕える天狐《てんこ》である。

「そのような事実はない。瀬那は、私が強く望んで妻にした女性だ」

「あら、そうでしたのね。ご実家の料亭〝花むしろ〟が、豪勢に改装されていたものですから」

あまりこの話題は広げないでいただきたい。私はともかく、父が祁答院家の財産を目当てにしていたことは、嘘ではないから。料亭〝花むしろ〟が贅沢《ぜいたく》な外観と内装に一新されたのも事実である。

「姉上のほうこそ、戻ってきたのは生活が困窮《こんきゅう》したからではないのか?」

「い、いいえ、そういうわけではなくってよ。本当に、伊月が心配で、やってきましたの」

「金の無心じゃなかったら、何をしにきた?」

「あなたを、わたくし達夫婦で支えようと思いまして」

「は!?」

目が血走り始めた夫が、怖い顔で皐月さんを睨《にら》む。だがそれもまったく通用していない。

「彼、清さんは陰陽師《おんみょうじ》の家系ですの」

それを耳にした瞬間、ゾッとしてしまう。皐月さんは陰陽師でないと聞いていたので、こうして会っても大丈夫だと思っていたのだ。まさか結婚相手が陰陽師だったなんて。

皐月さんはさらなる衝撃発言を口にする。

「ですからきっと、祁答院家の家業をお手伝いできるはずですわ」

驚くべきことに、私達夫婦と同居を望んでいるらしい。

膝の上にあった夫の手が、ぶるぶると震える。力いっぱい握りしめているからか、手の甲には青筋がこれでもかと浮かんでいた。

顔だけだと涼しい表情なので、皐月さんから見たら夫が激しく怒っているようには見えないだろう。

「姉上達の手伝いなど必要がない！　これまで、私は瀬那と一緒に上手《うま》くやってきた！出ていってくれ、今すぐに！」

「伊月、待って!!　よく考えて!!」

皐月さんは夫に縋《すが》り、ここで一緒に頑張ろうと訴える。清さんも夫に迫り、土下座《どげざ》していた。

「皐月さんを連れて逃げてしまったことは、本当に申し訳なく思っています。どうか、許してください!!」

夫の様子から推測するに、姉弟仲の修復は難しいように思える。人と人の縁は一度破綻《はたん》してしまうと、元通りになるのは不可能に近い。

けれども今を逃したら、夫と皐月さんがわかり合える日は永遠に訪れないだろう。

清さんは陰陽師であるものの、私達の正体に気付いている様子はない。ならばと、夫に物申す。

「旦那様《だんなさま》、少しだけ、期間を設けてはいかがでしょうか?」

「それはできない。この祁答院家の屋敷は、私と瀬那の物だ」

ここで、皐月さんが新たな提案をする。

「伊月、祖父母が使っていた離れでもいいので、叶えていただけませんか?」

「あれは取り壊す予定で、内部は清掃《せいそう》などしていない」

「掃除くらい、わたくしにだってできます!　瀬那さんにも迷惑をかけませんので」

私のほうからも重ねてお願いしたら、夫は盛大な溜め息をつく。

「わかった。しかし、もしも何かしでかしたら、強制的に追い出す」

それと、祁答院家の鍵とお札は返却するようにと条件を掲《かか》げる。皐月さんは要求に応じ、鍵とお札を返した。

夫は鍵とお札を、炎の呪術で焼き尽くしてしまった。皐月さんは名残惜《なごりお》しそうに「ああ！」と声を上げる。

これで、皐月さんが祁答院家から追い出されたら、二度と帰ってこられなくなるようだ。

「信用がありませんのね」

「当たり前だ」

夫は虫明に命令し、離れに案内させる。

姉夫婦の足音が遠ざかると、夫は盛大なため息を零した。

「旦那様、余計なことを言ってしまい、申し訳ありませんでした」

「いや、瀬那は悪くない。姉とは一度、冷静になって話をしなければならないと思っていたのだ。引き留めてくれたおかげで、三年もの間、心に引っかかっていた問題が解決しそうだ」

余計なことをしたのではと反省していたが、夫の言葉を聞いてホッと胸をなで下ろす。

「それに、姉の真なる目的も、気になるからな」

「真なる目的、ですか？」

「ああ、そうだ」

いったいどういうことなのか。夫は虫明に見張りを頼み、客間の襖《ふすま》を閉める。

人差し指を唇に当てて内緒話だと示してから、夫は私に耳打ちした。

「おそらく姉は、何か企《たくら》んでいる」

ゾワリ、と鳥肌が立った。

夫との再会を無邪気に喜び、心配する様子を見せていた皐月さんが、何かを企んでいるなんて……。

「姉は自尊心が高く、自分で決意したことは覆《くつがえ》さない。家を出た日から、二度と敷居をまたがないと決めていたはずだ」

祁答院家の鍵や、結界避けのお札を持つように助言したのは、皐月さんの夫清さんだろうと夫は推測しているらしい。

「あの男は、祁答院家の鍵と結界避けを燃やした瞬間、焦るような表情を見せたからな」

夫婦揃って何か企んでいるに違いない。夫はそう判断したようだ。

「姉夫婦がおかしな行動に出たら、小さなことでもいい、報告してほしい。連絡手段はこれを使え」

差し出されたのは、以前虫明が使っていた管狐《くだぎつね》が入った竹筒《たけづつ》である。

以前見たものよりも細長く、小指ほどの太さしかない。紐がついていて、帯の中にも収納できそうだ。

「まあ、私を直接召喚してもよいのだがな」

「そ、それは――」

私に夫が召喚できる理由、それは使い魔契約をしているからだ。なぜか私が主人で夫が従うという、理解しがたい関係にある。

胸には契約の証《あかし》として、曼珠沙華《まんじゅしゃげ》に似た模様が刻まれているが、普段は消えている。お風呂に入ったときや、発熱したときなど、体に熱を帯びたさいに曼珠沙華が浮かび出てくるのだが、そのたびに恥ずかしい思いをしているのだ。

「旦那様を呼ぶような事態にならないよう、祈っております」

「そうだな」

離れには天狐を配置し、おかしな行動を取らないか見張っておくように命じているらしい。何かあったら、知らせてくれるようだ。

「それと、悪意を抱いた瞬間、取り押さえるように命じてある」

祁答院家にやってくるあやかしにも同様の命令を下しているという。

それを踏まえると、天邪鬼達《あまのじやく》は旦那様に対し、悪意を抱いているわけではないのだろう。甘えたいのに甘え方がわからず、いろいろと悪戯《いたずら》をしてしまうのだ。

天邪鬼について考えていたら、ふと思い出す。

「お聞きするのを失念していたのですが、先日、天邪鬼から貰《もら》ったお札はいかがなさいますか?」

「それは、瀬那が持っていろ。使うべき時機がきたならば、迷わず使用するように」

「いいのですか?」

「ああ」

叶うならば、このお札を使うような場面には遭遇《そうぐう》したくないのだが……。

「姉は祁答院家の〝呪い〟について知らない。だから、露見しないよう注意しなければならないな」

「私も、妖狐《ようこ》だとばれないように、いつも以上に気を付けます」

気を取り直して、昼食の準備でもしよう。

「瀬那、姉夫婦の世話をする必要はないからな」

「わかりました」

自分達の分だけ作るのは気が引けるが、夫の言う通りに従っておこう。

まずは、豆狸《まめだ》に注意をしておく必要がある。ひとまず部屋に戻った。

元気がなかった豆狸であるが、日に日に毛並みがよくなり、起きている時間も長くなる。八咫烏《やたがらす》や伊万里とも打ち解けたようだ。

推測なのだが豆狸はおそらく、伊万里と同じくらいの年頃なのだろう。ふたりしてキャッキャと会話しているところを見ると、なんだか癒《い》やされる。普段は木の実やキノコを食べていたようだが、今は噛《か》む力が弱っていて、たくさん食べられないらしい。けれども私が作った料理やお菓子ならば食べられるというので、毎日せっせと与えている。

もっともっと元気になればいいなと願うばかりだ。

豆狸は伊万里とおはじきで遊んでいた。実に楽しそうに、指先を使って弾きあっている。八咫烏はその様子を、楽しげに眺めているようだ。

「あ――おかえりなさいませ、奥方様」

「瀬那様、おかえりなさい！」

八咫烏も「カー！」と元気よく鳴いて、私を迎えてくれる。

豆狸は以前に比べてずいぶんと元気になっていた。ホッとしたのもつかの間のこと。姉夫婦について話しておかなければならない。

「あのね、さっき、旦那様の姉にあたる、皐月様が夫婦でいらっしゃったの。それで、ご主人のほうが陰陽師《おんみようじ》で」

その一言で、豆狸はいろいろ察したらしい。

「えっと、わたしは、陰陽師に見つからないように、しなければならないの?」

「そうなの。少し窮屈《きゆうくつ》な思いをするかもしれないけれど」

「大丈夫。教えてくれて、ありがとう」

もともと、豆狸は食料を探しにいくとき以外は穴蔵《あなぐら》で過ごしていたらしい。部屋に引きこもっておくのは得意だという。その言葉を聞いて、ホッと胸をなで下ろす。

伊万里と八咫烏にはなるべく豆狸と一緒に過ごすよう、お願いしておいた。


途中で会ったお萩《はぎ》と共に台所へ行くと、皐月さんの姿があった。

「まあ、瀬那さん。奇遇ですわね。あなたも昼食を作りにいらしたの?」

「ええ、そうなんです」

離れにも台所はあるようだが、煤《すす》だらけで使えそうになかったらしい。

「使用人達が昼食は用意してくれるって言っていたのですが、わたくし、主婦でしたので、自分で作ろうと思いまして」

「そうだったのですね」

なんでも結婚前は炊事《すいじ》洗濯《せんたく》など使用人任せだったものの、結婚してからはすべて皐月さんがしていたようだ。

「最初は大変でしたわ。台所では小火《ぼや》騒ぎを起こし、洗濯物は川に流され、箒《ほうき》は破壊してしまう。最近になって、苦くないお味噌汁が作れるようになりましたの」

しょっぱい味噌汁ならばまだわかるが、苦くない味噌汁とはいったい……？

話を聞いていると、嫌な予感しかしない。

皐月さんは夫が丹精込めて育てたタマネギを握っていた。それをどう、調理するつもりなのだろうか。

皐月さんはタマネギをまな板の上に置き、手にしていた包丁を大きく振り上げ、勢いよく下ろした。

だん！　とまな板を叩く音が鳴るばかりである。

「タマネギって、小さいから切るのが難しいですわね。もう一回」

「あ、ちょっ、お待ちください！」

「なんですの？」

「料理は、私がやります!!」

このままでは、夫の野菜が包丁でめった斬りにされる。そんな残酷《ざんこく》な様子を、冷静に見ていられるわけがなかった。

「ちなみに、何を作ろうと思っていたのですか？」

「〝ライスカレイ〟ですわ」

皐月さんは自慢げな様子で、瓶《びん》に入ったカレイ粉を見せてくれた。

「三年ぶりに戻ってくるので、牛肉も奮発しましたの！」

皆で食べるために、作ろうとしていたらしい。

「瀬那さんは、牛肉は大丈夫？」

「ええ。たまに、牛鍋《ぎゅうなべ》を食べにいっておりました」

年に一回か、二回、料亭〝花むしろ〟の従業員と一緒に、お疲れさま会を開催していたのだ。贅沢《ぜいたく》な催《もよお》しだったな、と振り返る。

「でしたら、牛肉は食べられますのね。よかった」

その昔、〝肉食禁止令〟が出ていたこともあり、肉を食べるのに忌避《きひ》感を抱く人が今になってもいるという。

料亭〝花むしろ〟で働いていたときも、たまに肉を抜いた料理を作ってくれと頼むお客さんがいたのを思い出す。

「わたくしも、祁答院の家を出てから初めて牛鍋を食べたのですが、信じられないくらいおいしくって。あの味を堪能《たんのう》できただけでも、結婚した価値はあると思います」

「外出はできなかったのですか？」

「ええ。当時のわたくしは、祁答院家の敷地内から出るのを恐ろしく思っていたものですから」

皐月さんに外の世界を教えてくれたのは、夫の清さんだったらしい。

「あんなに華やかで、賑《にぎ》やかな世界があるとは、知りませんでした」

その横顔から、幸せな結婚生活を送っていたことが窺《うかが》い知れる。

「伊月については、ずっと心配していて、申し訳ないとも思っていましたの。でもあの子、昔から頑固で、曲がったことが大嫌いで。こちらが謝っても、絶対に許してくれないだろうって、決めつけていました」

祁答院家のご当主は結婚し、雰囲気《ふんいき》がやわらかくなった。そんな噂話《うわさばなし》を信じ、祁答院家に戻ってきたという。

「たしかに、優しくなったような気がします。それはきっと、瀬那さんのおかげなんでしょうね」

「そんな……。旦那様《だんなさま》が変わったのは、旦那様ご本人の努力の賜物《たまもの》かと思います」

「瀬那さんったら、謙虚ですわね」

こうして話していると、皐月さんは弟思いのお姉さん、という印象しかない。何か企《たくら》んでいるようには思えなかった。

「すみません、話が逸《そ》れてしまいました。えーっと、昼食は私が作りますね」

ライスカレイは作ったことがありますの。

「いえ、喫茶店《カフェー》で食べた作るのは初めてです」

作り方は瓶に貼られた紙にしっかり書いてある。これを見ながらだったら、私でも作れるだろう。

「では、わたくしはお手伝いいたします」

「ありがとうございます」

皐月さんでもできそうなことを捻《ひね》りだし、細かに頼んでいく。正直、任せてくれたほうがやりやすいのだが、やる気を無駄にしたくない。

お萩にご飯を炊《た》くように頼み、私はカレイ作りに取りかかる。

まず、タマネギをくし切りにし、牛酪《バター》を落として飴色《あめいろ》になるまで炒《いた》めるらしい。

牛酪というのは、牛乳から作った固形乳製品である。海外の料理に使うと、味わいにコクがでるようだ。

別の鍋で、ジャガイモ、ニンジン、牛肉を炒める。軽く火が通ったら、鶏ガラから取った出汁《だし》の中に入れるようだ。先ほど炒めた飴色タマネギも加えておく。

それにしても、別の料理に使うために仕込んでおいた鶏ガラ出汁が、まさかライスカレイ作りに使われるなんて、想像もしていなかった。

カレイ粉を出汁で溶いてから鍋に注ぎ入れる。トマトの水煮と醤油《しょうゆ》を入れて煮込んだら、ライスカレイの完成だ。

ぐつぐつ沸騰《ふっとう》するカレイを、皐月さんは笑みを浮かべながら覗《のぞ》き込む。

「すごい！　本当に家庭でライスカレイが作れますのね！」

「ご協力のおかげで、完成しました」

「いいえ、わたくしは何もしていないわ」

お萩が細長い深皿にご飯とカレイを盛り付ける。皿の端に、ラッキョウの漬物を添えておいた。

以前、あやかしのゆきみさんから貰《もら》った氷鞠《ひまり》で氷を出し、キンキンに冷えた水を作る。

カレイを食べるのは、結婚祝いで父から贈られた銀の匙《さじ》だ。まさか、ここで役立つことになるとは思わなかった。

手入れが大変なので使っていなかったが、カレイには匙が必要だろう。

「では、清さんも呼んでまいりますね」

「ええ」

私も夫に声をかけにいく。

「旦那様、少しよろしいでしょうか?」

「ああ」

皐月さんが台所で料理しようとしていたこと、料理が恐らく下手《へた》だということ、夫を想っていることなど、包み隠さず報告した。

「それで、昼食は私たちとご一緒したいようです」

「わかった」

夫は皐月さん夫婦の同席を拒否するかと思いきや、しなかった。人となりが謎でしかない清さんがどんな人物か探りを入れたいらしい。

そんなわけで、食卓には私と夫、皐月さん夫婦が一堂《いちどう》に会《かい》する。

清さんはライスカレイを前に、少し驚いているようだった。

「皐月、このライスカレイは、君が作ったものなのかい?」

「いいえ、こちらは瀬那さんが仕上げたものです」

「そうだったのか」

清さんは明らかにホッとしたような表情を浮かべる。

そんな夫婦のやりとりに対し、夫はカエルを睨《にら》むヘビのような眼差《まなざ》しを向けていた。清さんはライスカレイしか見ていなかったので、夫の視線になんぞ気付いていない。

気まずい空気が流れているが、冷めないうちにライスカレイをいただいた。

カレイのピリッとした辛《から》み以外に、ほのかに甘みを感じる。深みのある味わいがご飯とすばらしく合う。牛肉はやわらかくて、とてもおいしい。煮込まれたジャガイモやニンジンもほくほくで、カレイとよく絡んでいた。

「瀬那さんが作ったライスカレイ、とってもおいしいです」

「ありがとうございます」

夫にとってライスカレイは初めてだったようだが、おいしいと言ってパクパク食べてくれた。

「これまで、ライスカレイという存在は知っていたが、不思議な見た目ゆえ、食べようと思わなかった。しかし、これはうまい」

「では、また作りますね」

カレイ粉はまだまだ普及していないものの、百貨店などに行ったら購入できるだろう。

「いやはや、祁答院さんの奥方は料理が上手《じょうず》で、羨《うらや》ましい限りです」

清さんの言葉に、夫は目をぎらつかせる。狐耳が生えてくるのでは、と心配になったが——。

「そうだろう？」

夫は不敵な笑みを浮かべ、言葉を返す。心の余裕はあるようなので、ホッと胸をなで下ろした。

あっという間にライスカレイを食べてしまう。清さんはお代わりをしていた。

食後は有りの実《あ》をいただく。冷たく冷やされた有りの実は絶品で、カレイを食べてヒリヒリしていた舌を癒《い》やしてくれる。

食後は、しばし言葉を交わす。

清さんは大人しい印象で、年頃は二十代半ばくらいだろうか。陰陽師《おんみようじ》の東雲家、というのは聞き覚えがなかった。

「陰陽師といえば、帝都辺りでは永野《ながの》家が有名だが、東雲は初めて聞いたな」

夫の歯に衣着せぬ物言いに、清さんは目を伏せる。

「ちょっと、伊月！　清さんになんてことを言いますの？」

「姉上は少し黙っていてくれ。共同生活を望む者が、どんな家の出なのかという疑問は、別に不思議でもなんでもないだろうが」

「なっ――！」

皐月さんに近付くために、陰陽師だと名乗った可能性もある。夫はこの場ではっきりさせたかったのだろう。

清さんは恐縮しきった様子で事情を話す。

「東雲家はそこまで名の知れた陰陽師の一族でないことは確かです。陰陽寮《おんみようりよう》が廃止されたのと同時に、呪術や札の継承は行われませんでしたから」

陰陽寮――それはかつて存在した国家機関である。すでに廃止となり、その間、多くの陰陽寮が廃業したのだ。

「陰陽寮が廃止されてからというもの、東雲家はさまざまな商売を始めました。付き合いのあった家に御用を聞きに行ったのも、家業のひとつだったんです」

「ふむ」

清さんが祁答院家に出入りできていたのは、陰陽寮が存在していた時代からの付き合いがあったから。それを聞いて納得してしまう。

「父や兄、弟達は陰陽師の呪術や札に興味はありませんでしたが、お祖父《じい》さんっ子だった俺は、さまざまなことを習ったのです」

清さんは懐《ふところ》に忍ばせていたお札を夫へ見せる。

「これは、使わないほうがいいだろう」

「な、なぜですか?」

夫はお札に書かれた呪文のひとつを指差す。

「正確に印が結ばれておらず、使ったら手の中で爆発する」

「なっ――! そう、だったのですね。祖父から習ったとおりに、書いたものだったのですが」

意気消沈する清さんの背中を、皐月さんが優しく撫《な》でる。

そのまま部屋から去っていった。

廊下《ろうか》から足音が聞こえなくなると、夫は盛大なため息を吐く。

「東雲家について調べたのだが、陰陽寮時代の名簿に名前がなかった」

「それは、その、陰陽師を騙《かた》っていた、ということですか?」

「可能性は高い。当時は自称陰陽師が多かったみたいだからな」

それか陰陽師の弟子だったか。師匠《ししょう》のお札を盗み見て、自分のお札を勝手に作る、なんて話は珍しくなかったらしい。

「見よう見まねで陰陽師の真似事《まねごと》をする。そのうちに、いつしか自分が本物の陰陽師だと思い込んでしまったのかもしれない」

清さんに関しては、正式な陰陽師ではない。そのため、過剰《かじょう》に怖がる必要はないという。

「しかし、用心に越したことはないだろう」

「ええ、私もそう思います」

皐月さんと清さんは、いったいなぜ、祁答院家にやってきたのか。

夫はしばし静観するという。

「また、何かありましたら、報告します」

「ああ、頼む」

なんだかソワソワ落ち着かない気持ちが胸の中で渦巻《うずま》いている。けれども、夫がいれば大丈夫だろう。

第三章　妖狐夫人は波乱の夜に遭遇する

新しく迎えた朝――珍しく夫はまだ布団の中にいた。

いつもは私が起きる時にはいないのだが、今日はすーすーと寝息を立てて眠っている。

昨日、皐月《さつき》さん夫婦がやってきて、気疲れしたのだろう。

夜は宴会を開きたいと、皐月さんが料亭〝花《はな》むしろ〟に、料理を頼んでいたのだ。

数日前から予約していたようで、舟盛りやちらし寿司、牛鍋《ぎゅうなべ》に松茸《まつたけ》のお吸い物、フグの天ぷらなど、豪勢な料理が届けられた。

夫と清《きよし》さんはお酒を囲み、何やら深い話をしていたように思える。

一方で、私は皐月さんから幼少期の夫の話を聞き、心をときめかせていた。

部屋の中は薄暗いものの、妖狐《ようこ》たる私は夜目が利《き》く。このような機会など二度とないと思い、夫の寝顔を覗《のぞ》き込んだ。

いつもはキリリとしていて、精悍《せいかん》な印象がある夫だが、眠っていると美貌《びぼう》がさらに際立《きわだ》つような気がする。こんなに美しい寝顔を見るのは初めてであった。

まじまじと見つめていたのがよくなかったのか、夫は目を覚ます。

「――瀬那《せな》？」

「はい。おはようございます」

「おはよう」

夫はすぐさま起き上がり、気だるげな様子で長い髪をかき上げる。

「……寝坊した」

「寝坊ではありませんよ。まだ、日の出前です」

むしろ、私のほうが早起きだったのかもしれない。

お腹いっぱいおいしい料理を食べ、皐月さんと話をして、思う存分楽しんだような気がする。

「昨晩は、何か話し込まれていたようでしたが、いかがでしたか？」

「ああ。あの男が案外見栄っ張りなところがわかっただけだった」

なんでも、皐月さんとの結婚後は、どんな仕事をしていたのか探ったらしい。

「急遽《きゅうきょ》、天狐《てんこ》に調べさせた身辺調査には、父親から任された経営に失敗し、勘当《かんどう》されかけた、とあった。けれども、あの男は実家の経営の戦力であるような発言をした」

「なぜ、そのようなことを言ったのでしょうか？」

「手っ取り早く、私の信頼を得たかったのだろう」

いったい何が目的なのか。清さんについては、しばし泳がせておくという。

「彼が問題を起こす前に、祁答院《けどういん》家の監視が届く場に飛び込んでくれたのは、よかったのかもしれない」

清さんとふたりきりにならないように、と夫は嚙《か》んで含めるように警告した。

「食事の支度《したく》は天狐に任せたから、昨日のように面倒を見る必要はないから」

「承知しました」

その後、夫と畑仕事を行う。種が芽吹《めぶ》き、すくすく伸びていく様子に心が癒《い》やされる。野菜を収穫したあと、夫は仕事の支度を行い、私は朝食の支度を行った。

夫とふたりきりで朝食を食べ、出勤を見送る。そんな時間帯に、皐月さんと清さんがやってきた。

「わたくしも、伊月《いつき》を見送ります」

清さんはこくこくと頷《うなず》いている。なんでも三年前まで、皐月さんはこうして夫を見送っていたらしい。

夫は迷惑だと言わんばかりに眉間《みけん》に皺《しわ》を寄せ、盛大なため息を零《こぼ》していた。

「姉上、見送りは瀬那だけでいい」

「そんな！　朝のこの時間は、祁答院家にとって大事なことですのに」

皐月さんがそう訴えたのと同時に、鬼門《きもん》が開く鈴の音が鳴り響く。

「あやかし様がやってくる、前触れだ!!」

清さんが嬉しそうに叫び、乗り出してきた。危ない、と注意する前に、玄関の外へ駆けていった。

「う、うわ――!!」

空から降ってきたのは、大量の枝だった。清さんの頭上を直撃し、転んでしまう。あっという間に枝の山が積み上がっていった。

「清さん、大丈夫ですの!?」

皐月さんは慌てて駆け寄り、清さんを救助する。

「旦那様《だんなさま》、こちらの枝は……？」

「天邪鬼《あまのじゃく》の仕業《しわざ》だろうな」

前回に引き続き天邪鬼がやってくるようだ。夫は呆《あき》れた様子で、清さんを見つめていた。

そのまま無言で出勤しようとする夫に、清さんが縋《すが》る。

「あ、あの、ご当主様！　今晩のもてなしを、我々に任せてくれないでしょうか？」

「貴殿らが、あやかしを迎えるだと？」

「はい！　上手《うま》くやってみせます」

「そうか、わかった」

「い、いいのですか⁉」

「ああ」

最後まできちんとやり通すように。そんな言葉を残し、夫は出勤していった。皐月さんと清さんは、手と手を取り合って喜んでいる。

「瀬那さん、これまで、あやかしをおもてなしするのは大変だったでしょう？　今晩はわたくし達に任せて、ゆっくり過ごしてくださいな」

「え、ええ。ありがとうございます」

皐月さんはこれまで何度もあやかし達を迎え、もてなしている。その経験から、枝を降らせたのは天邪鬼だと気付いたようだ。

「さすが、皐月だ！」

「清さん、こんなの簡単ですわ。天邪鬼はこうして、祁答院家の者達の気を引くために、しようもない悪戯《いたずら》をしますの」

少し構ってあげたら、満足して幽世《かくりよ》に帰るから、と慣れた様子で語っていた。

清さんひとりだったら心配だが、皐月さんがいるので任せても大丈夫だろう。

今日のところは、皐月さんが言ってくれたとおり、ゆっくりのんびりさせていただく。

久しぶりに、伊万里《いまり》や豆狸《まめだ》、八咫烏《やたがらす》と過ごそう。

午前中は着物の端切《はぎ》れを使ってお手玉を作った。豆狸は変化できるほどの気力を取り戻し、伊万里と同じくらいの少女の姿になって、器用に縫《ぬ》い物をしていた。

ただ、その変化は完璧《かんぺき》なものでなく、狸の耳と尻尾《しっぽ》が出ている。

なんでも、まだ上手く人の姿に変化できないらしい。伊万里がコツを教える様子が、なんとも可愛《かわい》らしかった。

八咫烏は伊万里や豆狸の助手に徹していた。裁縫《さいほう》に使う道具の名称を記憶しているようで、はさみや糸などを運んでくれるのだ。

伊万里が教えたわけでなく、自然と覚えたらしい。

なんて賢い子なのか。思わず抱きしめ、頭を撫《な》でつつ褒《ほ》めちぎったのだった。

午後からは天邪鬼をもてなす準備が始まったからか、皐月さんが廊下《ろうか》をバタバタと行き来する音が聞こえる。

途中で顔を覗かせ、手伝うことはあるか聞いてみた。

「大丈夫ですわ。わたくし、これまでもひとりでしておりましたから」

「そうでしたね。もしも、何か手伝いがほしいときは、いつでもおっしゃってください」

「瀬那さん、ありがとう」

忙《せわ》しない様子の屋敷はなんだか落ち着かない。

伊万里と豆狸が昼寝したのを確認してから、私は部屋を出る。向かった先は台所だ。

地下収納から熟成していたサツマイモを取り出し、井戸で泥を落とす。

このサツマイモを使って、茶巾絞《ちゃきんしぼ》りを作ろう。

まず、サツマイモの皮を剝《む》き、輪切りにする。これを、水をひたひたにした鍋に入れて、やわらかくなるまで煮込んでいく。

その間に、茶巾絞りに使う布を煮沸《しゃふつ》消毒しておいた。

サツマイモが煮えたら、温かいうちに潰しておく。一度漉《こ》すと、舌触りがよくなる。

潰して漉したサツマイモに、砂糖と塩、それから牛酪《バター》を入れた。

先日、ライスカレイを作るときに牛酪を初めてつかったのだが、これはお菓子作りに使ってもおいしいだろうと気付いたのだ。きっと、いつもと異なる味わいの茶巾絞りに仕上がるに違いない。

最後に、一口大に分けたものを、布でぎゅっと絞ったらサツマイモの茶巾絞りの完成だ。

ひとつ、味見をしてみる。

サツマイモのねっとり感に、ほどよい甘さと牛酪の濃厚さが加わって、いつも以上においしく仕上がっていた。

牛酪入りの茶巾絞りは、想像以上だった。

早速これを、休まず働いている姉夫婦のもとへお茶と共に運んでいった。

「あの、そろそろ休憩《きゅうけい》を入れませんか？」

「まあ瀬那さん！　ありがとう」

サツマイモの茶巾絞りを作ったと言うと、皐月さんは跳び上がって喜ぶ。なんでも大好物らしい。

「えーっと、清さんはどちらに？」

「離れで集中するため、祈禱《きとう》していますの」

「祈禱ですか？」

陰陽師《おんみようじ》が祈禱をするなんて、聞いたことがないのだが……。不可解な行動である。

「なんでも、布団に寝転がってするのですって」

それって眠っているだけなのでは？　という言葉を、喉《のど》から出る寸前で呑《の》み込んだ。

「清さんを呼んできますわ」

「お茶が冷めてしまうので、先に皐月さんだけ飲んではいかがでしょうか？」

「なんだか悪いような気がするのですが」

「ここにいないのですから、仕方がないですよ」

「でしたら、清さんの分は瀬那さんが飲んでください」

皐月さんは座布団を叩き、一緒にお茶をしようと誘ってくれた。断る理由はないので、勧められるがままに腰を下ろす。

まずは、お茶を飲んでホッと息を吐いた。

「まさか、伊月のお嫁さんとこうしてお茶を囲む日がくるとは、夢にも思っていませんでした」

「光栄です」

「ふふ、光栄だなんて、大げさですわ」

駆け落ちを決意した晩、もう二度と夫には会えないだろうと思っていたという。

覚悟を決めてやってきたようだ。

「あの子はわたくしを許してくれていないけれど、こうして家に置いてくれた。瀬那さんのおかげですわ」

なんと返していいのかわからなくなる。

祁答院家はただの家ではない。鬼門からあやかしを迎えるという特殊な家系だ。夫と皐月さんの姉弟関係は、きっと複雑なものなのだろう。

「わたくしは伊月に対して、劣等感を抱いていたんです」

夫は完璧人間のように見える。そのため、皐月さんは夫を前にするたびに、自分自身にあるわだかまりが大きくなっているのを察知していたようだ。

「抱えていた感情は、幼少期から決められていた婚約者にも、感じるようになったのです」

大学を出たあと祁答院家を支える心づもりでいた婚約者を、しだいに夫の分身のように思ってしまったようだ。

「このまま結婚したらわたくしは不幸になる。そんなときに、清さんと出会ったのです」

清さんはありのままの皐月さんを愛してくれたらしい。そして、祁答院家が息苦しいのであれば、一緒に家を出ようと提案したようだ。

「本当のわたくしを見てくれたのは、清さんだけでした。それが、どれだけ嬉しかったか……」

しかしながら、待っていたのはお手伝いさんを雇えないような男性との、決して豊かではない結婚生活である。

お嬢様育ちである皐月さんにとっては、辛《つら》い日々だっただろう。それでも、彼女は幸せだと結婚生活を語った。

自分という存在を周囲に認識してもらえない悲しさ、空《むな》しさは私もよくわかる。

皐月さんはただ唯一の愛が欲しかったのだろう。

「今晩のおもてなしを成功させて、伊月に頼りになる姉だと尊敬されるのが目標ですわ」

そう言って、皐月さんは美しく微笑《ほほえ》んだのだった。

「それはそうと、このサツマイモの巾着《きんちゃく》、絶品ですわ！　こんなに濃厚な風味は初めてです。いったいどこで購入なさいましたの？」

「これは、私の手作りなんです」

「まあ！　そうですのね。驚きました。瀬那さんは料理だけでなく、お菓子作りもお上《じょう》手《ず》ですのね」

「ありがとうございます」

牛酪入りの茶巾絞りは皐月さんに好評だった。

「これ、牛酪を入れて作ってみたんです」

「ぜんぜん気付きませんでした。牛酪はお菓子にも使えるのですね」

異国のお菓子は牛酪をふんだんに使っている、なんて話を聞いた覚えがあった。たまに、父が輸入菓子を買ってくることがあったものの、食べるのは主に朝子《あさこ》。私の口には入らなかったのである。

「この茶巾絞り、清さんも好きだと思うんです」

「たくさん作ったので、あとで詰めておきますね」

「ありがとうございます」

　まさか、ここまで気に入ってもらえるとは思わなかった。姉弟揃って甘い物が好きだということがわかり、ほっこりとした気分になる。

　茶巾絞りを食べたあとの皐月さんはしばらくにこにこしていたが、お茶を飲んだ瞬間に表情を曇らせる。

「あの、お茶、冷えて渋くなっていましたか?」

「いいえ、違いますの。わたくし、お料理があまり得意ではなくて、いつも清さんにおいしくない料理を食べさせていたな、と思い出してしまいまして。瀬那さんが羨《うらや》ましいです。お料理だけでなくお菓子作りもお上手で、心から尊敬します」

「皐月さん、私も最初の頃は、失敗の連続だったのですよ」

　料亭〝花むしろ〟の手伝いを始めたのは六歳くらいからだったが、料理をし始めたのは十歳からだ。

毎日毎日料理長が調理する様子を見ていたので、自分もできると信じて疑わなかった。

「最初に作った卵焼きは卵の殻《から》がたっぷり入っていましたし、味は薄いのになんだか生臭《なまぐさ》くて、食べられたものではありませんでした」

「わかりますわ！　わたくしも以前、そんな卵焼きを完成させましたの！」

皐月さんも台所で使用人達が調理する様子を観察するのが好きだったらしく、料理ができると思っていたらしい。

「見るのとやるのとでは、ぜんぜん違いますのね」

「ええ、そうなんですよ」

失敗を経て、私は料理長に料理を教えてくれと頭を下げた。弟子入りしたあとは、さまざまな料理を習ったのだ。

最初はまったく使い物にならなかっただろうに、料理長は根気よく指導してくれた。今振り返ると、感謝しかない。

昨日、皐月さんがお手伝いしたいと申し出たとき、正直に言えば困ってしまった。何をしてもらえばいいのかわからないし、監督する余裕もなかったから。

当時の料理長は今の私よりも忙しかっただろうに、上手く教えてくれたのだ。

私もまだまだだな、と思ってしまう。

「料亭〝花むしろ〟での修業を経て、今に至るという感じです」

「瀬那さんにも、そういう時代があったのですね」

皐月さんはまっすぐな瞳を私に向ける。その表情が少し夫に似ていて、ドキッとしてしまった。

「あの、瀬那さん。わたくしに、料理を教えていただけますか？」

「私が、ですか？」

「ええ。迷惑でなければ、ですが」

「いいえ、そんなことはありません。私でお役に立てるのならば、ぜひ！」

「瀬那さん、ありがとう」

皐月さんは私の手を握り、深々と頭を下げたのだった。


その後、皐月さんがおもてなしの準備を頑張ると宣言したので、私は撤退《てったい》した。

太陽があかね色に染まるような時間帯になって、清さんがやってきたようだ。

祈禱とやらをしていたようだが、頭に寝癖《ねぐせ》が付いている。確実に眠っていたのだろう。

「あ、瀬那さん、先ほど、妻から差し入れをいただきまして。おいしくて、全部いただいてしまいました」

「はあ、全部」

ふたりで仲良く食べるように、多めに入れておいたのだ。それを、完食してしまったという。まあ、言わなかったこちらも悪い。皐月さんにはまた今度、違うお菓子を作って、一緒に食べることにしよう。

「瀬那さんは、お料理が上手なんですね」

「え、まあ、はあ」

「なんでも、皐月が弟子入りするようで。ホッとしました。妻はその、料理が下手《へた》で、まずい料理ばかり食べていたんです。厳しく指導してくださいね」

「ずいぶんと上から目線で」

思わず、本音が口から零《こぼ》れてしまった。慌てて口を手で覆《おお》う。

「え？　今、なんと言いましたか？」

「皐月さんが客間のほうでお待ちですよ、とお伝えしたのですが」

「ああ、なるほど。聞き違いか」

清さんは小首を傾《かし》げつつ、去っていった。

背後にいたお萩《はぎ》を振り返ると、「心中お察しします」と言ってくれた。

手伝いではないが、天邪鬼《あまのじゃく》達のために何かしたいと思い、庭に椎《しい》の実《み》を探しに行く。

すべて採り尽くしたと思いきや、少しだけ残っていたのだ。

お土産《みやげ》的な感じで、帰りがけに渡せばいいだろうか。

気分転換にと思い、伊万里と豆狸《まめだ》、八咫烏《やたがらす》を連れて庭で拾い集める。皐月さんや清さんは客間にいるので、目撃される心配はないだろう。

豆狸は狸の姿だったが、指先で椎の実を摘《つ》まみ、丁寧《ていねい》に集めてくれる。その様子は、愛らしいとしか言いようがない。

伊万里もしゃがみ込んだ体勢のまま、一生懸命椎の実を追っていた。こちらも当然、可愛《かわい》らしいのだ。

八咫烏も、嘴《くちばし》で椎の実を摘まんでカゴの中へと入れてくれる。

みんな楽しそうだし、私も心が癒《い》やされた。連れてきてよかったな、と思う。

夢中になって椎の実を拾っていたようだが、豆狸が弾かれたように顔を上げる。

「どうかしたの？」

「今、誰かに見られているような気がして……でも、誰もいなかった」

「庭師かもしれないわね」

祁答院家の広い庭を美しく維持するために、多くの庭師が働いている。私達が心配で、様子を覗《のぞ》いていたのかもしれない。

気付いたら、カゴの中は椎の実でいっぱいになっている。

「これくらいでいいかしら？　余ったら、みんなで食べましょう」

「やったー！」

「楽しみにしています」

屋敷に戻り、椎の実は炒《い》る。殻のまま炒《いた》めると、パチパチと音が聞こえる。殻が割れたら、焼けた証拠だろう。

喜んでくれたら嬉しい。そんな気持ちを込めつつ、椎の実を笹の葉に包んで紐で縛《しば》っておく。入らなかった分は、伊万里や豆狸、八咫烏と一緒に食べたのだった。


その後、夫がいつもより早めに帰ってくる。皐月さんの様子を見に行ったようだが、すぐに「大丈夫ですので！」と言って追い出されたようだ。

夫は小首を傾げつつ、奥座敷のほうへとやってきた。

「旦那様《だんなさま》、いかがなさいましたか？」

「いや、もてなす相手が天邪鬼だから、本当に大丈夫なのかと思っただけだ」

これまで、天邪鬼の相手をしていたのは、すべて夫だったらしい。皐月さんは他のあやかしをもてなす経験はあるようだが、天邪鬼は初めてだ。

「果たして、上手《うま》くいくのやら」

今は心配してても仕方がない。ひとまず夫と夕食を済ませる。

今晩の品目は栗のしんじょにナス田楽《でんがく》、秋野菜の煮物にニンジンの紅葉和《もみじあ》え、マイタケご飯、なめこの味噌汁を作った。

「オススメはナス田楽です」

「今日、収穫したものだな」

「ええ」

秋ナスは嫁に食わすな、という姑《しゅうとめ》目線の言葉があるくらいおいしい。ナスの旬《しゅん》は夏と秋の二回あり、夏よりも秋のほうが味わい深いのだ。

やわらかくなるまで蒸したナスは、箸《はし》で裂ける。味噌と絡み、とろとろとした食感と甘《あま》辛《から》い田楽のタレがよく合う。

「たしかに、秋ナスは絶品だな」

「ええ、本当に」

どの料理もおいしく、ぺろりと完食してしまった。

あとはゆっくり夜を過ごすばかりだが――天邪鬼へのおもてなしも気になるところだ。

夫と一緒に食後のリンゴを食べていたら、鬼門《きもん》が開く鈴の音が響き渡る。

「来たか」

「ええ」

ここでじっとしているのもなんだか落ち着かない。それは夫も同じ気持ちなのだろう。

眉間《みけん》に皺《しわ》を寄せ、険しい表情でいた。

「少し、様子を見てみようか」

「襖《ふすま》の間から、覗くのですか？」

真面目《まじめ》に問いかけたつもりだったが、夫はしかめっ面《つら》から表情を崩す。

「呪術を使い、客間を覗くのだ」

「ああ、そういうわけだったのですね」

夫は虫明《むしあげ》に命じ、桶《おけ》に水を張ってきてもらう。

人差し指と中指を立てて、何やら呪文を唱える。すると、水面に客間の様子が映し出された。皐月さんは訪問着をまとい、清さんはくだけた着流し姿だった。そこに、天邪鬼が現れる。

「お前達、誰だ？　うきうき！」

「男のほうは、見ない顔だな、こんちくしょー！」

「〝けどーいん〟と〝せな〟は、どうした？　しくしく」

「お前達に会いにきたわけではないのに、わくわく！」

初っぱなから手厳しい態度である。それでも皐月さんは笑みを絶やさず、天邪鬼に優しい言葉をかける。

「どうぞ、こちらを召し上がってくださいませ」

客間には天邪鬼達に捧げる野菜や果物が用意されていた。

「〝けどーいん〟と〝せな〟はどこだ？　うきうき！」

「お前じゃ、話にならんぞ、こんちくしょー！」

「来た意味がない、しくしく」

「早く出せ、わくわく！」

天邪鬼の会話を聞いていたら、彼らがいかに夫を好きなのかわかってしまう。

「旦那様、いかがなさいますか？」

「もうしばらく様子を見よう」

皐月さんにも自尊心がある。早い段階で助けに行かないほうがいいのだろう。

天邪鬼達は、客間をうろうろ歩き回り、夫や私を探しているようだった。

一方で、清さんは天邪鬼が恐ろしいのか、部屋の隅で震えているように見える。

「あの男は……！」

「きっと、あやかしを前にするのは初めてなのでしょう。ああなるのも、無理はないはずです」

天邪鬼達を落ち着かせるために、皐月さんは和琴《わごん》を弾き始める。荒ぶった心を静める優しい旋律だった。

「旦那様、皐月さんはいつも、ああやってあやかし相手に演奏していたのですか？」

「そうだ」

和琴の奏でを耳にしたあやかしは、大抵大人しくなって帰っていくという。

しかしながら、天邪鬼には効かなかった。声をさらに大きくし、ワイワイと騒ぎ始める。

『〝けどーいん〟と〝せな〟はどこにいるーー！　うきうき！』

『お前達は及びでないんだぞ、こんちくしょーー！』

『早く呼ばないと、悲しみが深まる、しくしく』

『来ないならば、探しにいくぞ、わくわく！』

そろそろ天邪鬼達の我慢は限界だろう。様子を見にいったほうがいいのではないか。夫に視線を向けると、こくりと頷《うなず》く。

「念のため、瀬那は客間に入らず、廊下《ろうか》にいるように」

「わかりました」

　ついてこないほうがいいと言われるかと想定していたものの、一緒に行っても構わないらしい。

　念のため、天邪鬼達に渡そうと思っていた椎の実を持っていこう。これで、天邪鬼達の機嫌も直るかもしれないし。

　八咫烏《やたがらす》がやってきて、私の肩に留まった。心配そうに覗き込み「カァ」と小さく鳴く。

「大丈夫」

　その言葉は、八咫烏に言ったというよりは、自分に言い聞かせるような言葉だった。

　急ぎ足で客間に向かっていたところ、とんでもない事態となる。

　ど――――ん!!　と雷が落ちたような轟音《ごうおん》が聞こえ、屋敷がグラグラ揺れた。

「瀬那!!」

　夫は私を抱きしめ、その場にしゃがみ込む。天狐《てんこ》達は狐の姿に戻り、右往左往《うおうさおう》していた。

　八咫烏は落ち着けと周囲に言わんばかりに、「カー!　カー!」と力強く鳴く。

　しばらく揺れは続いたが、しだいに治まっていった。

「大丈夫か?」

「平気です。旦那様は?」

「私も問題ない。立てるか？」

「はい」

皆、怪我《けが》などないようだ。

いったい何が起こったというのか。夫から差し出された手を握り、客間へ向かう。

そこには、とんでもない光景が広がっていた。

「なっ——!?」

「これは」

客間の襖は倒れ、畳《たたみ》の一部は真っ黒に焦げている。

皐月さんは部屋の端で戦《おのの》いているようだった。一方で、清さんは頭を抱え、蹲《うずくま》っている。

部屋の中心に、角《つの》を生やした真っ赤な鬼が佇《たたず》んでいた。全身、黒い靄《もや》をまとっている。

あれはきっと邪気《じゃき》だろう。

振り返ると、真っ青な目でギョロリと睨《にら》みつける。

「旦那様、あれはなんなのですか？」

「天邪鬼の異なる姿に違いない」

普段は鞠《まり》みたいな大きさで、喜怒哀楽に分かれて賑《にぎ》やかな様子を見せていた天邪鬼だったが、姿が大きく変わっていた。

「全身が赤いということは、怒りに支配されているのだろう」

いったいどうして――？

そう思ったのと同時に、天邪鬼が清さんに向かって駆けていく。

「があああああ!!」

「ひ、ひいいいい!!」

夫は左右の手で輪を作り、息を吹き込む。さすれば、鋭く巻き上がる竜巻が生まれた。

刃物のような風は勢いよく旋回し、畳を木《こ》っ端微塵《ぱみじん》にしながら、天邪鬼と清さんの間を素早く通り抜ける。

「ぐううううう」

天邪鬼は清さんから距離を取り、夫を警戒しているようだった。無邪気だったあの子達が、どうしてこうなってしまったのか。

清さんが顔を上げた瞬間、天邪鬼は威嚇《いかく》するように「ぎゃあ！」と鳴いた。

皐月さんは立ち上がり、清さんのもとへ駆け寄る。そして、身を挺《てい》して守るように、天邪鬼の前に立ちはだかった。

「があああああ!!」

「――っ!!」

天邪鬼は再び、前に一歩踏み出した。

きっとこのままではいけない。でも、どうすればいいのか。

ここで、八咫烏が嘴《くちばし》に咥《くわ》えていた紐付きの包みを目の前に差し出してくる。それは部屋を出るときに持っていた、椎《しい》の実《み》を入れた笹の包みだった。

屋敷が揺れたさいに手放してしまったのを、すっかり失念していたようだ。それを八咫烏が拾い、運んできてくれた。

椎の実を見て、それだ！　と思いつく。椎の実が入った笹の包みを開いて、私は天邪鬼へ話しかけた。

「天邪鬼、ねえ、聞いて！　私、あなた達のために、椎の実を炒《い》って持ってきたの」

笹の葉の包みを天邪鬼に示す。

「この前来たときに、おいしいって言っていたから、喜ぶかと思って」

「よ……よろこぶ?」

「そう！　祁答院家への訪問を楽しんでほしくて、心を込めて、作ったわ」

「た、たのしんで……?」

怒ってもいい、哀しむのも構わない。けれども、それらの感情に支配されるのはよくないし、本人達も苦しいだろう。

「どうか、受け取って」

「うう、ぐううう」

天邪鬼はその場に膝をつく。真っ赤な肌は、黄色と橙《だいだい》色が混じるようになった。胸を押さえ、苦しそうにしている。

夫は隙《すき》を狙って天邪鬼へ接近すると、額にお札を貼った。その瞬間、黒い靄が散り、天邪鬼は喜怒哀楽の四つに分裂する。

あのお札は邪気祓《ばら》いだったのだろう。

天邪鬼達はぐったりと力ない様子だったので、駆け寄って椎の実を与えてみた。殻《から》を割って、ひとつひとつ食べさせてあげる。

「うう、こ、香ばしい、うきうき」

「突然食わせやがって、こんちくしょー」

「でも、生き返った、しくしく」

「やっぱり、椎の実はおいしい、わくわく」

天邪鬼達はいつもの様子を取り戻した。円《つぶ》らな瞳を私に向けるので、思わず抱きしめてしまった。

胸の中で大人しくしていた天邪鬼達だったが、すぐに消えてなくなる。

「え、どうして？」

「瀬那、幽世《かくりよ》に帰っただけだ」

天邪鬼達が消えたのと同時に、鬼門《きもん》が閉まる鈴の音が聞こえる。無事、幽世へ帰っていったことがわかり、ホッと胸をなで下ろした。

「清さん!!」

皐月さんの悲痛な叫びが客間に響き渡る。

「ああ、なんてこと!!」

振り返ると、床に伏したまま、苦しげな表情を浮かべる清さんの姿があった。

短刀が、腹部に刺さっているように見える。

「姉上、何があった？」

「清さんが短刀で果物を切り分けようとしたら、天邪鬼達に刺されてしまったのです！」

我が耳を疑ってしまうような事態であった。

あの生意気だが可愛《かわい》らしい天邪鬼達が、清さんを短刀で刺した？

夫は天狐《てんこ》を呼び、清さんを診療所へ運ぶように命令する。皐月さんも付き添いのため、同行したようだ。

「だ、旦那様《だんなさま》……」

「瀬那、大丈夫だ。何も心配はいらない」

夫は私を抱きしめ、幼子をあやすような優しい声で言ってくれた。

心が火傷《やけど》をしたときのようにひりひりと痛んでいたものの、少しだけ和《やわ》らいだような気がする。


翌日――虫明の報告により、清さんの容態が伝えられた。

かかりつけ医のいる下町の病院を指定し、運びこまれたことから、一命は取り留めたようだ。

傷は思っていたよりも深く、全治一ヶ月ほどかかるらしい。

皐月さんはしばらくつきっきりで看病するらしく、知り合いの家に下宿しながら病院に通うという。つまり、皐月さん夫婦は祁答院家に戻らないようだ。

夫は険しい表情で、昨晩の出来事について話し始める。

「なんでも、天邪鬼達が食べ物に手を付けなかったため、あの男は皮でも剝《む》いたら食べると思ったらしい」

リンゴを差し出した瞬間、天邪鬼達が突然激昂《げっこう》したようだ。姿はみるみる変わっていき、大きな鬼の姿になったのだという。そして、清さんを短刀を使って突き刺した？

「天邪鬼達はどうしてあそこまで怒ったのでしょうか？」

清さんの行動は、天邪鬼達の機嫌を損《そこ》ねるものではない。善意からの行動で、悪意などなかったのに。

「現場を見ていない以上、なんとも言えない」

姿を隠した見張りの天狐もいたようだが、屋敷に落ちた雷のような音で気を失ってしまったらしい。

「姉上も酷《ひど》く動転していて、話は要領を得ないものだった。しばらく時間を置いてから、再度、話を聞く予定だ」

「ええ、それがいいと思います」

「瀬那、怖い思いをさせたな。私がもう少し、判断を早く下していたら、起きなかったはずの事件だった」

「いえ……」

天邪鬼が変化した姿は、なんとも恐ろしいものだった。強い怒りを全身から感じた。

けれども、瞳は青かった。

睨まれた瞬間、恐怖はなかったように思える。胸が切なくなって、何かしてあげたいという欲求に駆られたのだ。

「天邪鬼達は怒るのと同時に、哀しんでいたようにも見えました」

「そうだな」

可哀想《かわいそう》なことをした、と夫は呟《つぶや》く。

もう二度と、あのような姿は見たくない。天邪鬼達はいつでも、無邪気であってほしかった。

◇◇◇

天邪鬼達の事件から一週間が経つ。

夫と共に清さんの見舞いにいったものの、病室の前まで行ったのに、面会謝絶状態だと言われて追い返されてしまった。見舞いの花とカゴ盛りの果物を看護師さんの手に託して帰る。

その後、ケガは快方に向かっている、という話を聞けただけでもよかったのか。

落ち着きを取り戻した皐月さんが祁答院家に戻ってきた。結界《けっかい》避けの新しいお札を、夫から預かっていたらしい。

午後のおやつにと作っておいた、栗の渋皮煮《しぶかわに》をお茶と一緒に出す。

「あいにく、夫は仕事で不在ですが」

「いえ、鬼の居ぬ間を見計らってきたのです」

皐月さんにとって、夫は鬼のような存在らしい。実弟にかける言葉ではないように思うのだが……。

「そういえば、庭で狸を見かけて驚いたのですが。ただの狸ではないですよね？」

「ええ、まあ、そうですね」

皐月さんが見かけたのは、伊万里と遊んでいた豆狸《まめだ》だろう。皐月さんが訪問するという先触れがなかったので、自由にさせていたのだ。

「あの子は、衰弱しているところを保護したんです」

「まあ、そんなことまでされているのね」

これ以上、こちら側の事情を打ち明けたくないので、別の話題へと誘導する。

「それはそうと、清さんの容態はいかがですか？」

「あまりよくはないようですが、お医者様は快方に向かっているとおっしゃっていました」

「そうでしたか」

熱はなく、食欲もあり、夜はぐっすり眠っているという。傷が疼《うず》いて眠れないとか、悪夢にうなされるとか、そういう症状は出ていないようだ。

しばらく安静にしていたら、たちまち元気になるだろう。

「天邪鬼《あまのじゃく》達がやってきた日について、伊月から何か聞きましたか？」

「大まかな事情は、当日のうちに」

「そう」

皐月さんは目を伏せ、机の上にあった拳を握る。

一週間前、客間ではいったい何が起こったというのか。もっとも近くで見ていた皐月さんだからこそ、見えていたものもあるだろう。

「あの日、とても恐ろしい思いをしました。天邪鬼があのように豹変《ひょうへん》するなんて、聞いていなかったものですから」

祁答院家の歴史の中で、あやかしに襲われたという記録は残っていなかったらしい。そのため、皐月さんは余計に恐ろしくなったようだ。

「わたくしは夫が天邪鬼に襲われた瞬間、幼少期に母が話していた言葉を思い出したのです――」

夫と皐月さんの母親は、帝都の歴史ある神社で奉仕していた巫女《みこ》だったらしい。

「母は昔から、先見《せんけん》の明《めい》と言いますか、千里眼《せんりがん》と言いますか、未来に起こりうる何かを見抜く能力が備わっていたそうです」

祁答院家に嫁《とつ》いでからというもの、鬼門を守るという務めに対して四苦八苦していたようだが、神に仕えるのと同じように、あやかし達にも敬意を持って役目を果たしていたらしい。皐月さんはそんな母親の背中を見ながら育ったようだ。

「母の様子がおかしくなったのは、弟を妊娠《にんしん》したあとからなんです」

出産を恐れ、怯《おび》えるようになったのだという。

「臨月を迎え、破水した母は、わたくしにこう言いました」

——呪われた子を、産んでしまう、と。

呪いというのは、九尾《きゅうび》の狐の件だろう。祁答院家に嫁いできた女性は、跡取りとなる男児を産んだあと、それらの事実を知らされる。

「弟を産んですぐの母は、断末魔《だんまつま》のような叫びをあげ、気を失ったようです。そして、体が癒《い》える前に、祁答院家から去っていきました」

あまりにも衝撃的過ぎて、今まで忘れていたらしい。

「天邪鬼はきっと、伊月の身に宿る呪いに触発されて、あのような姿になったのだと思います」

「それは違うと思います」

天邪鬼達が姿を変えてしまったことに関して、夫は無関係だ。これだけははっきり言える。しかしながら、皐月さんに私の訴えは届いていなかった。

「瀬那さん！」

皐月さんは私のほうへやってきて、腕を摑《つか》む。

「ここから逃げましょう」

「え!?」

「祁答院家は呪われています。いつか、呪いによって力を増したあやかしによって、滅ぼされてしまう」

首を横に振って拒否しても、皐月さんは力を緩《ゆる》めない。

「わたくしは、母みたいに犠牲《ぎせい》になる瀬那さんを見たくありません。子どもを産む前の今ならば、間に合いますから！」

皐月さんは心から私を心配して言っているのだろう。気持ちはありがたいが、一緒に逃げることはできない。

まっすぐ目を見て、自らの意思を宣言する。

「皐月さん、私は夫を心から慕《した》っております。誰に何を言われようと、ここを離れるつもりはありません」

「瀬那さん……」

思いが伝わったのか、手を離してくれた。

それから、帯から紙切れを出し、私へ差しだす。

「こちらは知り合いの連絡先です。何かあったら助けてくださるでしょう」

どうしようか迷ったが、皐月さんは私を心から心配してくれているのだろう。そう思い、連絡先が書かれた紙切れを受け取る。

そのまま帰ろうとしたので、待ったをかける。

「栗の渋皮煮、お見舞いとして持っていってください」

「瀬那さん、ありがとう。清さん、この前食べたサツマイモの茶巾絞《ちゃきんしぼ》りがおいしかったたって言っていたから、きっと喜びますわ」

瓶詰《びんづ》めしていたものを持ってきて、風呂敷に包む。それを皐月さんへと託した。


午後はぼんやりしながら、庭で鞠《まり》つきをする伊万里と豆狸を八咫烏《やたがらす》と一緒に眺める。

皐月さんが初めてやってきた日、引き留めたのはいけないことだったのか。私のせいで、なんだか大変な事態を引き寄せてしまったように思えてならない。

あのとき、皐月さん夫婦を追い返そうとした夫の行動は間違っていなかったのだ。

過ぎたことを悔《く》いても、仕方がないのはわかっているのだが……。なんて考えているところに、突然訪問者が現れた。

「こんにちは！」

気配がまったくなかったので、声に驚いてしまう。

「──っ！　び、びっくりしました」

「あら、ごめんなさいね」

私を心配そうに覗《のぞ》き込むのは、見知った顔であった。

雪のような白い髪に陶器《とうき》のようななめらかな肌を持つ、全身真っ白な着物姿をした雪女──ゆきみさんである。

見た目は絶世の美女だが男性だ。男女関係なく、雪女と呼ばれる。美男美女揃いのあやかしらしい。ちなみに彼の本名は雪美《ゆきよし》だが、響きが可愛《かわい》くないのでゆきみを自称しているようだ。

私が大きな声を出したので、伊万里や豆狸がこちらを見つめている。大丈夫だと手を振ると、鞠つきは再開された。

「ど、どうしたのですか？　というか、鬼門《きもん》、開いてましたか？」

「こちらの鬼門は開いていないわ」

「ですよね。鬼門は夜しか開かないっていう話ですし」

「あたしが通ってきたのは、昼間だけ開いている裏鬼門よ」

裏鬼門は強力なあやかししか通れないという話を聞いていたが、理由が明らかになる。

あやかしは月明かりを浴び、力を得る。そのため、夜に活動が活発になるのだ。

逆に昼間は、力を十分に発揮されない。そんな事情があるので、昼間にあやかしをめったに見かけない。

つまり裏鬼門を通り抜けられるのは、昼間でも活動できるくらい力がある一部のあやかしに限定されるのだ。

「ゆきみさん、裏鬼門を通過できたのですね」

「ええ、もちろんよ」

裏鬼門には強力な邪気除けの結界《けっかい》があり、現世で悪いことをしようと企《たくら》むあやかしは弾かれてしまうのだとか。

「あたしみたいな害がない雪女は、あっさり通り抜けられるってわけ」

ここ最近、涼しくなったので、現世で活動できる時間も増えてきているのだという。雪女にとって、冬のはじまりは過ごしやすくなる季節なのだろう。

「季節の移ろいは、あっという間に訪れますね。数日前まで、紅葉した木々を楽しんでいたのですが」

　秋は深まり、北風が吹くようになる。縁側に座る私の足元には、火鉢《ひばち》が用意されていた。

　ゆきみさんが過ごしやすいように消そうとしたら、待ったがかかる。

「それくらいの小さな火だったら、防げるから平気よ」

　ゆきみさんはそう言って、私の隣に腰かけた。入れ替わるように、八咫烏は飛び立つ。

「ごめんなさいね、突然押しかけてしまって」

「いえ、お会いできて、嬉しいです」

「ふふ。そういうふうに言ってくれて、光栄だわ」

　以前、ゆきみさんがくれた氷鞠《ひまり》は、祁答院家で大活躍していると伝えると、やわらかく微笑《ほほえ》んでくれた。

「あ、冷たいお茶でも、淹《い》れてきますね」

「大丈夫。それよりも、ゆっくりお話ししましょう」

　ゆきみさんのお言葉に甘え、再び縁側に腰を下ろす。

「今日はどういったご用件だったのでしょうか？」

「遊びにやってきたんじゃないって、バレちゃった？」

「ええ」

遊びに来るならば、先触れを出してくれただろう。

裏鬼門を通ってまでやってきたということは、何か理由があるはずだ。

「風の噂《うわさ》で、祁答院皐月……あ、今は結婚して姓が違うのかしら？　彼女が出戻ってきた、なんて話を聞いたものですから。あの子、誰と結婚したの？」

「東雲《しののめ》家に嫁いだそうです」

「そう。なんだか心配になって、屋敷をこっそり覗いて帰るつもりだったんだけれど、家の中にいないようだったから、どうかしたのかと思って」

そういえばと思い出す。皐月さんは以前、ゆきみさんに恋心を抱いていた。それがきっかけで、彼は女性の恰好《かっこう》をするようになったという。

今では女装は趣味になっているようだが、ゆきみさんが変わろうと決意したきっかけになったのが皐月さんだったのだ。

「皐月さんのご主人が、あやかしをもてなしたさいに襲撃を受けて負傷し、帝都の病院に入院してしまったんです。それで、看病するために、家を空《あ》けているというのが現状です」

「そうだったの」

ゆきみさんはなんとも複雑な表情を浮かべている。

「祁答院家に遊びに行った天邪鬼《あまのじゃく》達の元気がなかったのよね。何かあったんじゃないかって、心配していたの」

ちなみに天邪鬼達は現在、元気を取り戻しているらしい。その話を聞いて、安堵《あんど》した。

「皐月って、昔から変なことに巻き込まれているのね」

「変なこと、ですか？」

「ええ、そう」

皐月さんを気に入ったあやかしに取り憑《つ》かれたり、幽世《かくりよ》に連れていかれそうになったり、皐月さんのもてなしで気をよくしたあやかしが、何日も滞在したり……。それらの話を聞いていると、気の毒になってしまう。

「それに、もてなされたあやかしが、祁答院家の人を襲うなんてありえないと思って、事情を聞きにやってきたの」

祁答院家の者達はあやかしに対し、敬意を示しもてなす。それに対し、あやかしは感謝こそすれど、襲いかかることなど絶対にないとゆきみさんは言いきる。

天邪鬼があなってしまったのは、夫が持つ呪いが原因だと、皐月さんは証言していた。

私はそうとは思わず、他に何かあったのではないか、と疑っていたのだが……。

そんな事情を打ち明けると、ゆきみさんは盛大なため息を零《こぼ》した。

「祁答院伊月が呪われているですって？　絶対にありえないわ。皐月って、昔から思い込みが激しかったの。あたしに惚《ほ》れていたみたいだけれど、話を聞いているうちに、本当に好きなのは恋する自分だったから。あの子はきっと、恋に恋し、愛に飢えていたのでしょうね」

ゆきみさんが持つ皐月さんへの印象は、的《まと》を射《い》ているように思えた。

「幸せな結婚をした伊月と瀬那さんの家庭を、引っかき回しているんじゃないかって、気になってしまって。お節介《せっかい》だとわかっていたけれど、気が気じゃなかったから」

「ゆきみさん、ありがとうございます」

この通り、現在の我が家は平和だ。伊万里や豆狸《まめだ》が無邪気に遊んでいる様子を眺めていると、余計にそう思える。

「そういえば、新顔がいるのね」

「はい。祁答院家の裏山で倒れているのを、保護したんです」

「そうなの」

ゆきみさんはしばしば豆狸のほうを見つめていたが、しだいに表情が険しくなっていった。

「あの、どうかなさいましたか？」

「いいえ、幽世でも最近、現世で力尽きたからか、そのまま戻らないあやかしの話を耳にしたものですから」

どうやら、現世に行ったあやかしが、幽世に帰ってこないという事件が多発しているらしい。ゆきみさんはそれに関しても引っかかっていたため、夫に話を聞こうと思っていたようだ。

「瀬那さんは、伊月から何か話を聞いていない？　たぶん、帝都のほうでも問題になっているような気がするんだけれど」

夫は御上《おかみ》の側近で、帝都で起こる原因不明の事件の調査に当たることが多いらしい。そのため、何か知っているのではないかとゆきみさんは言う。

「申し訳ありません。何も、お話を聞いていなくて……。旦那様《だんなさま》の仕事については、なるべく触れないようにしているんです」

家では仕事を忘れてゆっくり寛《くつろ》いでほしい。そんな思いもあり、夫のほうから言わない限りは、こちらから聞いてはならないと決めていたのだ。

「ただ、数日前から、買い物には行くな、と言われておりました」

街で何かあったのだろうな、と思いつつも、特に追及せずにいたのだ。

「やっぱり、帝都でも何か起きているのね」

「おそらく、ですが。夜まで旦那様を待たれますか？」

「そうね」


ゆきみさんは立ち上がり、何を思ったのか、伊万里と豆狸のほうへ駆けていく。

ふたりとも人見知りをするが、ゆきみさんは相手の懐《ふところ》に飛び込むのが得意なのだろう。すぐに楽しそうに遊び始めた。

誰にでも好かれるゆきみさんの懐っこさが、少し羨《うらや》ましく思ってしまった。


ゆきみさんのために、冷製料理を用意する。冷《ひ》や奴《やっこ》の出汁《だし》かけに、鯵《あじ》の冷や汁、とろろそばに、ナスの冷製あんかけを作った。

我が家の夕食は、あつあつのおでんである。今日は冷えるので、朝から絶対におでんだ、と考えていたのだ。

ヒヤヒヤとアツアツ、対照的な夕食となった。

夫は帰宅と同時に、眉間《みけん》に皺《しわ》を寄せる。

「この気配、男がいるな？」

「ゆきみさんです」

「私が不在のときにやってくる、不届き者がいたとはな」

夫の声を聞きつけたゆきみさんが現れる。

「伊月、おかえりなさーい。ご飯にする？　お風呂？　それとも、あ・た・し？」

「そうだな。お前を滅するのが先か」

「待って！　そういう意味じゃないから！」

まあまあと夫を落ち着かせ、先に食事をしようかと促す。食卓へと案内すると、ゆきみさんは並べられた料理を見て、感激していた。

「瀬那さん、あたしのために、冷たい料理を作ってくれたのね」

「はい。お口に合えばよいのですが」

「ありがとう！　愛だわ」

喜んでくれたようで、何よりである。手洗いうがいをして戻ってきたらしい夫は、向かい合わせた位置ではなく、私の隣に腰かけた。

「隣がゆきみだと騒がしいから、ここにした」

「まあ！　どうしてそういう意地悪を言うの？」

「意地悪ではない。事実を言ったまでだ」

「失礼ね」

ゆきみさんと夫の会話を微笑《ほほえ》ましい気持ちで聞きつつ、器《うつわ》と菜箸《さいばし》を手に取ると、何が食べたいか尋ねてみる。

「卵と大根、昆布にしらたき、それからすじ肉を頼む」

「承知しました」

すらすらと答えたので、きっとおでんが好きなのだろう。どうぞ召し上がれ、と言おうと思ったのだが、なぜか夫は私の器を手にしていた。

「瀬那、何が食べたい？」

「え、あっ、じ、自分でできます」

「私がしたいだけだ。やらせろ」

「は、はい」

まさか、夫がおでんを取り分けてくれるなんて、思いもしなかった。

「では、こんにゃくとちくわぶ、つみれに餅巾着《もちきんちゃく》をお願いします」

「わかった」

夫は慣れない様子で、おでんの具を器に移してくれた。その様子を眺めていたらしいゆきみさんが物申す。

「嫌だわ。アツアツ夫婦を見ていたら、暑くなっちゃった」

「溶けないように、氷でも口に含んでおけ」

「そうするわ」

おでんの鍋《なべ》が熱いのではと心配になったが、それは大丈夫だと言ってくれた。

「では、瀬那さんのお料理を食べましょう」

夫は芥子《からし》をたっぷり、私はそのままでいただく。

こんにゃくは冷ましたつもりだったが、口に含むと猛烈に熱い。舌の上ではふはふと冷やしながら食べた。

どの具材も味がしっかり染みており、どんどん食が進む。夫はとろとろになるまで煮込んだすじ肉が気に入ったようだ。

ゆきみさんは冷製料理をお気に召してくれたようだ。完食してくれた。

食後は皐月さんがお土産《みやげ》として持ってきてくれた、ミカンをいただく。驚くほど甘くて、おいしかった。

「お腹いっぱい。もう動けないわ。このまま眠れたら、幸せよね」

「うちは宿泊施設ではないからな」

「あら、ちょっとくらいいいじゃない」

「だめだ」

ゆきみさんは頬《ほお》をぷくっと膨《ふく》らませていたが、夫は腕を組んだまま、険しい表情を和《やわ》らげようとしない。

「いいわ。今日のところは帰るから。その前に、今、帝都であやかしを巻き込んだ事件が何か起きているか、教えていただける？」

「あやかしの中でも、問題になっていたか」

「もちろんよ。それだけたくさんのあやかしがいなくなっているんですもの」

夫はため息を吐きつつ、帝都で起こっている事件について教えてくれた。

「これは他言無用なのだが、ここ最近、毎晩のようにあやかしに襲撃される事件が起きている」

同じ人物が数回にわたって襲われているようだが、数日後には被害はなくなり、あやかしも忽然《こつぜん》と姿を消しているのだという。

「現在、陰陽寮《おんみようりよう》のような国家機関は存在しないのだが、帝都で起こったあやかし騒ぎの多くは、山上《やまがみ》家の者達が処理している」

あやかしの気配を感じたら直行しているようだが、到着したときには何もいないらしい。

謎が謎を呼ぶような事件だ、と囁《ささや》かれているようだ。

「現場にはあやかしがいた痕跡や、襲撃を受けた者の出血があるようだが、被害を訴えるような情報は出回っていない」

被害者も加害者もいないという、不可解過ぎる事件らしい。御上の威厳にかけて、日々調査しているようだが、いまだ真相には辿り着いていないようだ。

「御上の側近の中には、事件について報告した山上家の自作自演ではないか、と口にする者もいた。けれども彼らが、そのような行為を働くわけがない」

祁答院家と山上家は不仲だと言われているようだが、相手の家の責任感や能力についでは一目置いているらしい。だからと言って、双方の家が手と手を取り合い、協力するわけではないようだが。

「そんな事情があったものだから、街へ買い物に行くなと言ってしまった。行動を制限してしまい、すまなかった。不安だっただろう？」

「いいえ、旦那様の言うとおりにしていたら、危険が及ぶことはないと信じておりましたから」

「瀬那……ありがとう」

ここでゆきみさんが「ごほん、ごほん！」と咳払《せきばら》いする。彼がいたのを、すっかり失念していた。心の中で謝罪する。

「それで、あたしが協力できることはありそう？」

「いや、今のところはない。不気味な事件ゆえ、雪美も解決するまで、幽世《かくりよ》に引きこもっていたほうがいいだろう」

「あなた、妻だけじゃなくて、あたしの行動も厳しく制限するのね」

「友だからな」

「まあ！　あたし、あなたのお友達だったの!?」

「違ったか？」

「いいえ、あたしはそう思っていたけれど、あなたはそうじゃないと決めつけていたから」

友達と呼ばれたゆきみさんは、とても嬉しそうだった。なんだか羨《うらや》ましく思ってしまう。

幼少期から働き詰めだった私は、友達を作る暇なんてなかったから。

「瀬那さんはあたしの大親友ってことでいい？」

「わ、私が、ですか？」

「嫌かしら？」

「いえ、とても嬉しいです」

「よかった」

友情を確認し合っていたら、夫が険しい表情でゲホンゲホンと咳《せ》き込む。

その後、ゆきみさんは苦笑いしながら幽世へと帰っていった。

湯を浴び、寝室に向かうと、夫が布団の上にあぐらをかいて座っていた。

「旦那様《だんなさま》、どうかなさったのですか？」

「いや、ここ最近、瀬那とゆっくり過ごしていなかったなと思って」

「言われてみれば、そうですね」

ここ最近の夫は夜遅くに帰宅し、朝早くに出かけるという日々だった。

畑の世話も虫明に任せるくらい忙しかったのだ。

今日はゆきみさんが祁答院家の敷地内に入る気配を察知し、早退に近い形で帰ってきたらしい。

「大丈夫だったのですか？」

「ああ、気にするな。最近、働き過ぎだったからな」

「本当に、ご苦労様です」

夫は無言で手を広げる。胸に飛び込んでこい、と言いたいのだろうか。

「瀬那、早く」

急《せ》かされた私は、照れつつも夫の胸に身を寄せる。

「温かいな、瀬那は」

「お風呂上がりですので」

「では、体を冷やさないようにしないと」

そう言って、夫は私をぎゅっと抱きしめる。のぼせそうなくらいの熱烈な抱擁《ほうよう》だった。

「いつも言葉足らずで、申し訳ない」

「いいえ、お気になさらず。私は旦那様の目には見えない行動を、耳には聞こえない言葉を信じておりますから」

「瀬那、ありがとう」

夜はのんびりと過ぎていった。

◇◇◇

窓の向こう側に、白い花びらのような雪がはらはらと舞う。今日は特に冷えると思っていたのだが、まさか雪が降っていたとは。

すぐさま部屋にこたつを出し、ミカンを食べながらぬくぬく過ごす。

伊万里はミカンの白い筋をすべて取りながら食べていた。まるで職人のようである。

私は八咫烏《やたがらす》と豆狸《まめだ》にミカンを剝《む》いてあげた。

八咫烏は器用に、ミカンの房を一粒一粒食べていた。新しく剝いたものを、豆狸へと差し出す。

「はい、どうぞ」

「これ、食べていいの？」

「ええ、いいわよ」

豆狸は小さな手でミカンの房を取り、はぐはぐとおいしそうに食べていた。

食べ終えたあと、じっと見つめるのでもう一個食べるのかと思っていたが違った。

「どうかしたの？」

「あの、あの、わたし――！」

そう口にした瞬間、豆狸はまんまるとした目に涙をいっぱい溜める。ぱちぱちと瞬きしたら、ポロリと零《こぼ》れていった。

「ミカンが酸《す》っぱかった？」

「違う。言わなければいけないことが、あって」

それ以降、豆狸は泣きじゃくるばかりで言葉にならない。そんな彼女を抱き上げ、優しく背中を撫《な》でてあげる。

「泣かないで。話すのは、今でなくてもいいから」

大丈夫、心配はいらない。そんな言葉をかけつつ背中を撫でる。

豆狸はここにくるまで、辛《つら》い目に遭《あ》っていたに違いない。もっと時間が経ったら、話せるようになるはずだ。

それまで、ここでのんびり過ごしてほしいと思った。


初雪を目にした日の午後——お萩が荷物を運んでくる。

祁答院家への手紙や荷物は、郵便役所に取り置き状態になっており、毎日天狐《てんこ》達が受け取りに行っているのだ。

今日は私宛《あて》に、荷物が届いていたらしい。

差出人に書かれてあった朝子という名前を見て、ため息が零れた。包みを開くと手紙が入っていて、結婚祝いに贈ったとある。

先日、私は朝子の結婚祝いを贈った。それの半返しついでに結婚祝いを贈ってきた、みたいな感じなのだろうか。

手紙には余計なお世話だとしか言いようがない言葉が書かれていた。

「これを使って、女給のようによーく働きなさい、ですって？」

木箱の蓋《ふた》を開くと、白い服のような物が収まっていた。割烹着《かっぽうぎ》か何かかと思って摘《つ》まみ上げる。

「これは――!」

喫茶店《カフェー》の女給《ウェイトレス》が身にまとう、白い洋風前掛《エプロン》けだ。

肩部分には波打ったひだ《フリル》があしらわれており、腰部分は太い紐で結ぶようになっている。裾《すそ》には透かし模様《レース》が縫《ぬ》い付けられていて、可憐《かれん》としか言いようがないひと品だ。

着物の上に合わせてみる。姿見で確認したが、案外悪くない。

ただ、料理や掃除《そうじ》をするときには向かない意匠《いしょう》だろう。いったいどういった場面で使うのか、よくわからなかった。

こういう形の洋風前掛けは普及していないように思える。見た目が華やかで、丁寧《ていねい》な作りだった。喫茶店で女給がまとうものよりも、高価な仕上がりに見える。

朝子はいじわるのつもりで贈ったのだろうが、私は気に入ってしまった。

「お萩、これ、どういうときに使えばいいと思う？　炊事洗濯《すいじせんたく》には向かないわよね？」

「ええ、そうでしょうね。ご主人様をお迎えするさいにまとうのはいかがでしょうか。とてもお似合いなので、お喜びになるかと」

「そうかしら？」

朝子から女給のように働けという言葉と共に贈られた、なんて説明したら、夫は怒りそうだ。

夫を荒ぶらせてはいけないので、このまま封印したほうがいいのだろうが——それももったいないような気がする。

「まあ、理由さえ言わなければ、夫も気を悪くしないわよね？」

「ええ。お伝えする必要はないかと思います」

ならば、これをまとって、夫を迎えてみよう。どんな反応をするのか、楽しみだ。

「奥方様、蓋の内側に何か手紙のようなものがございます」

「あら、本当」

箱の裏側に、糊《のり》か何かで封筒が貼り付けられていた。開いてみると、中にあったのは歌《か》舞《ぶ》伎《き》の招待券である。夫の分と二枚、入っていた。

「寅之助《とらのすけ》の大歌舞伎の初日ですって」

たしか、この演目は発売早々に完売するので入手困難だ、と料亭〝花むしろ〟の常連がぼやいていたような気がする。初日かつ前方の席なので、かなり稀少なものだろう。

日程は一週間後と、招待するには急である。しかしながら、座席に空《あ》きを作ったら、朝子がなんて言うかわからない。

夫が帰ってきたら、相談しなければならないだろう。

それから一時間後、夫が帰宅したので、私は洋風前掛けをまとって迎えに行く。

「旦那様、おかえりなさいませ」

「ただいま――なんだ、それは？」

その疑問は、私の恰好《かっこう》に対してではなく、洋風前掛けにまといつく朝子の気配に対してだった。陰陽師《おんみようじ》であり、九尾《きゆうび》の狐でもある夫は、目には見えない物を察知する能力に長《た》けているようだ。

「こちらは、朝子から結婚祝いにいただいたものなんです」

「よくない気がこびりついている」

夫はずんずんと私のもとへ接近すると、肩や腰、腿の辺りをポンポンと叩き始めた。

「あの者は、そなたを相当羨《うらや》ましく思っているらしい。妬《ねた》ましいという感情が、これでもかと染み込んでいる」

「まったく気付きませんでした」

それは狙って込められたものではなく、強すぎる思いが物に移ってしまったのだという。

長時間、洋風前掛けをまとっていると、その感情に苦しめられるらしい。

「着ていて不快感を覚えなければ、そこまで大きな影響はなかったのだろうが」

「ぜんぜん平気でした」

感覚が鈍いおかげで、これまで朝子にいろいろ言われても、さほど気にしていなかったのかもしれない。繊細《せんさい》でなくてよかったなと思う。

「瀬那、その恰好はあとでよく見せてくれ」

「はあ、わかりました」

まだ、朝子の怨念《おんねん》みたいなものがこもっているのだろうか。夫は湯浴みをするというので、あとのことは虫明に任せた。

一時間半後、夫は私の元へとやってくる。

部屋で遊んでいた伊万里と豆狸、八咫烏は、夫を見るなり撤退《てったい》していった。別に、ここにいてもいいのに。

お風呂に入ってすぐにやってきたのか、普段は血色の薄い夫の頰《ほお》が、ほんのり赤くなっていた。

「旦那様、こちらが例の前掛けです」

「なぜ、脱いだ?」

「こちらを点検なさるものだと思っていましたので」

「それはもう大丈夫だ」

あの一瞬の間に、すべて祓《はら》ってしまったらしい。

「でしたら、何を見るのですか？」

「そなたがその前掛けを身に着けているところを、誰の邪魔もされずに見たかっただけだ」

さらに、触れ合いたいので、湯をしっかり浴びて一日の汚れを落としてきたのだという。

まさかの理由であった。そんなに改まって、まじまじと見つめるものではない。そう思ったものの、ご要望があったので従うこととなった。

装着するところから見られてしまうとは、想定もしていなかった。なんだか気恥ずかしい気持ちになる。

紐を蝶結《ちょうむす》びにし、肩のひだをしっかり整え、裾の透かし模様を伸ばした。

ヒラヒラとした着慣れない前掛けなので、余計に照れてしまう。

「旦那様、いかがでしょうか？」

「よく似合っている。瀬那は洋装も着こなすのだろうな。今度、一緒に選びに行こう」

「そうですね。機会がありましたら、旦那様も一緒に、洋装でいてくださいね」

「洋装が似合うとは思えないのだが、まあ、瀬那が望むのであれば、着てみよう」

よく見せてくれと言うので、くるりと回ってみせる。ひだがひらひら舞い、花畑を舞う蝶々みたいだった。

夫が真面目《まじめ》な顔で見詰めるので、羞恥心《しゅうちしん》が最大値にまで跳ね上がり、しゃがみこんでしまった。

その瞬間、夫の頭から狐の耳がぴょこんと生えてくる。すぐに夫は気付き、頭に手を当てて「またか」と呟《つぶや》く。

「このところ耐えていたのだが、瀬那があまりにも愛らしくて、我慢できなかった」

真顔で自己申告してくるので、思わず笑ってしまった。

狐耳はよしよしと撫《な》でて、引っ込めてもらう。

「実は、明日から三日間、泊まり込みで事件について調査するよう命じられていたのだが、なんとか頑張れそうだ」

「三日間、お戻りにならないのですね」

「寂しいか？」

「寂しいです」

「冗談のつもりだったのだが……。そうか、寂しいのか」

夫はしみじみ言いながら、私を抱きしめる。幼子をあやすように、背中を優しく撫でてくれた。

「私の不在中、もしも危機的な状況に陥《おちい》ったら、迷わず私を呼べ」

「それはちょっと、どうなのでしょうか」

「仕事よりも、瀬那のほうが大事だ」

恋愛小説でよく「仕事と私、どっちが大事なのよ！」なんて台詞《せりふ》があるが、夫は私のほうが大事らしい。

「もしも仕事がクビになったら、畑の規模を広げて、自給自足生活でもするか」

「それはそれで、楽しそうですね。旦那様《だんなさま》も毎日家におりますし」

「だろう？」

夫はずっと、「もっとたくさんの野菜を作りたいが、仕事が忙しいので、これ以上広げられない」と零《こぼ》していたのだ。

「私は祁答院家の役目や帝都での仕事に縛《しば》られ、自由なんてないと思っていた。けれども、瀬那と結婚してからは、人生には可能性が無限にあると考えるようになった。そなたのおかげだ」

「普通は結婚すると、家庭に縛られると考える人が多いのですが」

「妻が待つ家庭に縛られるなど、幸せでしかないが？」

「それは――たぶん特殊な思考ですね」

「そうなのだろうか？」

夫の言葉に、私は深々と頷《うなず》いた。

三日間、大丈夫だろうかと考えていたら、鬼門《きもん》について思い出す。

「旦那様、もしもあやかしの訪問があるときは、いかがなさいますか？」

「それは心配いらない。新月の前後である三日間は、鬼門が開かないようになっている」

月の力が弱まる期間は、あやかし達は弱体化する。それを狙って、調査を行うようだ。

「御上はこれ以上、被害者が出ることを望んでいない。だから、襲撃現場を押さえるのではなく、あやかしを探し出して拘束《こうそく》する。それが作戦だ」

新月の前後である三日間は、あやかしは脅威《きょうい》ではなくなる。けれども、油断はできないだろう。

夫のため、毎日食事を作る以外に何かできるだろうかと考えたところ、ピンと閃《ひらめ》く。

「旦那様、作り置きのおやつを持っていきますか？」

「いいのか？」

「はい！　持ってまいりますね」

急な来客があったときのために、いくつか作り置きしていたのだ。台所の地下収納に入れていた物をカゴに移し、夫のもとへと運んだ。

「こちらです」

栗の渋皮煮《しぶかわに》にかりんとう、おかきに炒《い》り豆、おせんべいに干しイモなどなど。

「こんなに持っていってもいいのか？」

「はい。よろしかったら、職場のみなさんで召し上がってください」

「いや、それはもったいないから、ひとりで食べる」

職場でこっそりおやつを頬張る夫を想像すると、ほっこりした気持ちになってしまう。

「瀬那、ありがとう」

「いえいえ」

そんなわけで、明日から夫は不在となる。祁答院家の女主人として、屋敷内の平和と秩序を守らなければ、と思った。

「あと、本日、朝子より歌舞伎の招待状が届きまして。一週間後みたいです」

「また、急だな」

「本当に。申し訳ありません」

「瀬那のせいではないのだが」

こういうふうに招待状を送る場合、相手の予定も考慮《こうりょ》して、最低でも一ヶ月は余裕を持って誘うものだ。一週間後にいきなり来いというのはかなり無理がある。

「夜公演ならば、仕事を早く切り上げることができる」

「ありがとうございます。では、そのようにお願いいたします」

朝子の代わりに、夫へ深々と頭を下げたのだった。

第四章　妖狐夫人は騒動に巻き込まれる!?

朝——夫が出勤していく様子を見送るために玄関に立つ。いつもと同じはずなのに、夫が三日も戻らないからか、少し不安な気持ちが胸の中でくすぶる。

それを察したのか、夫はいつもと異なる行動に出る。

「瀬那《せな》」

夫は優しく名前を呼びかけ、私をぎゅっと抱きしめる。

「私がいないからと、気を張る必要はない。何かあったときは、必ず駆けつけるから」

「はい、ありがとうございます」

その言葉のおかげで、不安な気持ちは払拭《ふっしょく》されたような気がした。

「では、いってくる」

「はい、いってらっしゃいませ、旦那様《だんなさま》」

玄関口が閉ざされた瞬間、ため息が零《こぼ》れる。

私はひとりではない、みんながいる。そう、奮《ふる》い立たせた。

一日目は嫁入り道具として持ってきていた反物《たんもの》で、夫の着物を縫《ぬ》う。波間に鯛《たい》が跳ねる渋い荒磯柄《あらいそがら》だが、夫は着こなしてくれるだろう。

集中し、チクチク縫い進める。

着物はこれまで何着も作ってきた。朝子《あさこ》が想い人に贈りたいからと、縫わされていたわけである。

ああいうのは、恋した相手を思いながら縫うのがいいものなのに……。

朝子は私が縫った着物を、自分で仕上げた物として贈っていたようだ。

自主的に作るのは、今回が初めてかもしれない。なんとか春までには仕上げたい。

二日目は虫明《むしあげ》と共に、夫の畑を耕し、野菜を収穫した。伊万里《いまり》や豆狸《まめだ》、八咫烏《やたがらす》も手伝ってくれた。

たっぷり働いたあとは、第二回焼きイモ大会を開催する。

この前天邪鬼《あまのじゃく》達がくれた木の枝を使い、サツマイモを焼いたのだ。

サツマイモの熟成はさらに進み、蜜でひたひたになっていて、とてもおいしかった。

八咫烏はサツマイモが気に入ったようで、もっと食べたいと訴え、庭から枝を集めてきた。伊万里や豆狸も食べたそうにしていたので、すぐさま次のサツマイモを焼く。

ひとりにつき、三本は平らげただろうか。お腹がいっぱいになってしまった。


三日目はお菓子作りに精を出す。

朝から小豆《あずき》を炊《た》き、饅頭《まんじゅう》を蒸して、前日に余ったご飯でおこしを作る。

それ以外にも、芋羊羹《いもようかん》や、栗饅頭、どらやき、大福を完成させたところで、目が回ってしまった。

「わっ――!?」

目が覚めると、八咫烏が心配そうに、私の顔を覗《のぞ》き込んでいる。

「カァ?」

大丈夫?　と聞いているような気がしたので、安心させるために頭を撫《な》でる。

「なんだか暗いけれど、もしかして夜?」

「カー」

上体を起こそうとしたら、頭がずきんと痛んだ。

「うう……、私、何をやっているんだろう」

明日、夫が戻ってくる。甘い物が大好きなので、ひと品でも多く作っておきたい。

その気合いが、空回《からまわ》りしていたようだ。

伊万里やお萩《はぎ》が何度か様子を見にきて、休憩《きゅうけい》するように言ってくれた。それなのに、私は空返事《からへんじ》をし、食事も摂《と》らずにおかし作りをぶっ続けでしていたようだ。

「旦那様が知ったら、呆《あき》れられてしまうわ」

「カー」

水分を取り、お萩が用意してくれたであろうおにぎりを食べ、最後に薬を飲む。

頭痛はだんだんと治まってきた。

伊万里や豆狸は私の部屋にいない。八咫烏に聞いたところ、使用人用の待機部屋で眠っているという。少しだけ、寝顔を見たい。そう思って、起き上がる。

八咫烏は私の肩に留まり、翼を左右に動かし、道案内をしてくれる。

ここだと翼で示された部屋の襖《ふすま》を開いた。

伊万里は狐の姿で布団の上に丸まっていた。豆狸は——いない？

羽釜《はがま》すらなかった。

いつもは一晩中起きることなく眠っているのに。申し訳ないと思いつつも、伊万里を起こす。

「伊万里、ねえ、伊万里、起きて」

「──はっ！　はい！」

むくりと起き上がった伊万里は、私に気付くと少女の姿へ変化した。

しかしながら、少し寝ぼけているのか、耳は出たままだ。

夫にしてやるように耳を押さえると、すぐになくなる。

「奥方様、目が覚めたのですね」

「ええ、そう」

「よかったです」

その件に関してはひとまずおいておき、姿を消した豆狸について問いかける。

「伊万里、豆狸がいないの」

「あ──あれ？　本当ですね。眠るときは、隣にいたのですが」

羽釜が残っていたら、厠《かわや》にでも行ったのだろうと思うのだが……。

「豆狸があの重たい羽釜を持って歩く元気は、まだないような気もするの」

「私もそう思います」

豆狸を誰かが連れ出した？　最悪な展開が脳裏《のうり》を過《よぎ》り、ゾッとしてしまう。

「ひとまず、旦那様に連絡を──」

そう口にした瞬間、窓に人影が映った。叫びそうになった伊万里の口を塞《ふさ》ぎ、私自身も奥歯を噛《か》みしめる。

今、庭に誰かがいた。

こんな時間帯に庭師が歩き回っているとは考えられない。

もしや部屋に忍び込み、豆狸を連れ去ったのだろうか。だとしたら、すぐに連れ戻さないといけない。

慌てて部屋を飛び出す。伊万里もあとに続いた。

勝手口から外に出ると、八咫烏が空を飛ぶ。上空から侵入者を探すようだ。

「カー！」

どうやら発見したようだ。こっちだと言わんばかりに、誘導してくれる。

駆けていった先には、羽釜を手に、辺りをキョロキョロと見渡す男の姿があった。

明らかに怪しい上に、あの羽釜は私の嫁入り道具の羽釜で間違いない。さらに、豆狸の耳が羽釜の上から覗いていた。

「豆狸を返して!!」

そう叫んだ瞬間、こちらに気付いたようだ。

男は頬《ほ》っ被《かむ》りをしていて、顔は見えない。私達を見て、驚いているようだった。

すぐに踵《きびす》を返し、走り始める。そのあとを追おうとしたが、向かい風に乗ってお札が飛んでくる。

「これは――!?」

「奥方様!!」

目の前に飛んできたお札を手で避けようとした瞬間、表面に書かれた呪文が光る。

次の瞬間、強い風が巻き上がった。

「きゃあ！」

その場に立っていられなくなる。八咫烏も飛行を続けられず、ひっくり返って落ちてきた。あのままでは、地面に激突してしまう。

「八咫烏!!」

腕を伸ばし、落下する八咫烏を受け止める。傍にいた伊万里を抱き寄せ、その場にしゃがみ込んだ。

風が止むと、男の姿は影も形もない。

豆狸は謎の男の手によって、連れ去られてしまった――。

その後、管狐《くだぎつね》を使い、夫に連絡を届けさせた。すると、明け方に夫は帰ってくる。

「瀬那──」

「旦那様《だんなさま》!!」

我慢できず、私は夫に抱きついてしまう。

「大丈夫か?　ケガは?」

「いいえ、私はなんともないのです。それよりも、豆狸が誘拐《ゆうかい》されてしまい……」

訴える言葉はだんだんと小さくなっていく。私が判断を誤ったばかりに、豆狸は誘拐されてしまったのだ。

「すべて、私の責任です」

「瀬那のせいではない。悪いのは、豆狸を誘拐した男だ」

侵入者に動転し、契約を通じて夫を呼び寄せる、という手段を失念していた。なぜ、あのとき夫に助けを求めなかったのか。悔《くや》しさは涙となって溢《あふ》れてきた。

夫は私を叱《しか》らず、静かに慰めてくれる。自分で自分が恥ずかしくなった。

「私、これから、豆狸を探しに行ってきます」

「待て、落ち着け。豆狸については、上に報告してある。ひとまず、彼らに任せておこう」

大丈夫だから、と夫は優しく声をかける。

「しかし、伊万里も一緒にいたのに、豆狸だけを攫《さら》った、というのも気になるな」

「ええ……」

豆狸は一度、私に何か話そうとしていた。けれども、あまりにも辛《つら》そうにしていたので、今は打ち明けなくてもいいと言ってしまったのだ。

自分ひとりで何かを抱えるのは、苦しかっただろう。もしも事情を知っていたら、また別の状況になっていたかもしれないのに。

「瀬那、申し訳ないが、我が家に侵入した男の特徴を教えてくれるか？」

夫は筆と紙を手に取り、姿絵を記録しておくようだ。

「身長は、旦那様より小さくて、おそらくですが、五尺五寸《ごしゃくごすん》くらいだったような気がします。少し猫背《ねこぜ》気味だったので、もう少し高いかもしれません」

鈍色《にびいろ》の羽織《はおり》に袴《はかま》を合わせ、足元は動きやすいように石帯《せきたい》で締めていたような気がする。

「俊敏な動きをしていたので、おそらく年若い青年だと思います」

はっきり見たわけではないが、立ち姿や雰囲気《ふんいき》から推測するに、年頃は二十代前半から後半くらいだろう。

「顔は頬っ被りをしていたのでわかりませんでした」

「なるほど。ふむ、これくらい判明していたら、だいぶ絞《しぼ》れるだろう。突然の出来事で混乱していただろうが、よく、記憶していた」

そう言って、夫は私の頭を撫《な》でたのだった。


私が落ち着いたのを見計らい、夫は三日間の調査結果を教えてくれた。

「今回の事件は、あやかし主体ではなく、人が起こしたものだと思われる。おそらく、陰《おん》陽《みょう》師《じ》だった者達が関わった事件だろうと、推測している」

なんでも、事件の陰には〝祓《はら》い屋《や》〟と呼ばれる者達が暗躍しているようだ。

「祓い屋の手口は決まっている。後ろ暗い過去がある者を標的とし、あやかしに襲撃させる。その翌日に、祓い屋が接触してくるらしい」

何か困っているのではないか、と話を持ちかけるようだ。

祓い屋が胡散臭《うさんくさ》いと判断し提案を受け入れなかった者は、再度あやかしに襲撃される。そして、翌日に祓い屋は二回目の訪問をしてくるのだとか。

それで断ったら、三回、四回と襲撃と訪問を繰り返すらしい。

あやかしを見かけたり、襲われたりした場合、帝都を巡回する邏卒《らそつ》に助けを求めるのが普通だ。けれども標的となっているのは、邏卒に探りを入れられたくない者ばかり。そのため通報されず、事件は謎に包まれていたらしい。

「やっとのことで祓い屋の申し出を受けることになった者は、高額な札を購入させるだけでなく、祓い屋と用心棒契約を結ぶ」

そうすればあやかしの襲撃はなくなる、という仕組みだった。

「ここまで被害に遭《あ》った者から聞き出したものの、祓い屋がどこの誰か、というのはわからず終《じま》いだったのだ」

「そうだったのですね」

管狐で夫に連絡を入れた時間帯は、ちょうど調査が終わった瞬間だったらしい。

「でしたら、旦那様は眠っていないわけですね」

「まあ、そうだな」

急いでお風呂を用意しなければ、と立ち上がった瞬間、夫が私の手を握る。

「瀬那、ふたりでしばし仮眠しよう」

「いえ、私は――」

「顔色が悪い。私がいない間、働き過ぎたのではないかな？」

「そ、それは……」

夫は私を見透かすような視線を向ける。うろたえてしまい、肯定するような形となってしまった。

「離れていると、すぐこれだ。こうなるかもしれないと、伊万里やお萩には瀬那を監視しておくように、命じていたのだがな」

「伊万里とお萩にはしっかり監視されておりましたが」

「ではなぜ、疲れた顔をしている」

とにかく少し休んだほうがいい、と夫に言われてしまった。

「私は体を拭いてくる。その間に、布団を用意させるから、瀬那はここで横になっておくように」

夫は私を抱き上げると、座布団を枕にした状態で寝転がせる。それだけではなく、衣紋《えもん》掛《か》けにかかっていた着物を、私に被《かぶ》せてくれた。

「あ、あの、こちらは高価なお着物では？」

「よい、気にするな。瀬那のほうが、ずっとずっと大事だから」

再度、夫はここで大人しくしているように言ったあと、部屋から去っていく。

横になると、自分の中にあった疲れを自覚する。薬は飲んだものの、まだ完全ではなかったのだ。

目を閉じると、意識がプツンと途切れてしまった。

◇◇◇

ピイ、ピイという鳥のさえずりで目を覚ます。あの鳴き声は、鶫《つぐみ》だろうか。

ここ最近、冷え込む朝が続くが、今日は暖かい。

豆狸《まめだ》は今、どこにいるのだろうか。

寒くないか、お腹を空《す》かせていないか。考えただけで、胸がきゅっと切なくなる。

と――ここで、夫に抱きしめられながら眠っていることに気付いた。

暖かいと思ったのは、夫の体温だったらしい。

昨晩、夫に寝かせつけられてからの記憶がなかった。あのまま気を失うように眠ってしまったのだ。

夫の腕から脱け出そうと身じろいだが、びくともしない。すでに外は明るいので、申し訳ないが夫を起こすことにした。

「旦那様、旦那様、起きてくださいませ」

「……旦那様、ではない」

「間違いなく、旦那様ですよ」

「……名前で、呼んでほしい」

ここにきて、名前呼びを希望されるとは思わなかった。

「あの、寝ぼけているわけではないですよね？」

「寝ぼけていない。瀬那がきちんと眠っているか、一時間ほど前から監視していた」

「なっ――――！」

ということは、私が身じろいでいたときも、起きていたというわけである。

「瀬那は私の名前を知らないから、呼ばないのか？」

「存じております」

「ならば、呼べるだろう？」

「はい」

名前で呼びかけるというのは、照れがある。けれども夫が強く望むのならば、叶えたい。

私自身、瀬那、と呼ばれて嬉しいと思っていた。きっと夫も、名前を口にしたら喜んでくれるだろう。

息を大きく吸い込んで――――吐きだす。腹を括《くく》った。

「伊月《いつき》様、で、よろしいでしょうか？」

「瀬那、感謝する」

夫は狐の耳を生やし、普段は一本だけの尻尾《しっぽ》を九本も出して喜びを示してくれる。

「普段から、そのように呼んでくれるな?」

「は、はい。可能な限り、努力いたします」

夫は拘束《こうそく》から解放してくれたものの、起き上がった瞬間に抱きしめられた。

「瀬那、もう一度、私の名前を呼んでくれ」

「はい、伊月様」

何度も呼んでいたら慣れるかもしれないと思いつつ口にする。二回目も盛大に照れてしまったのは言うまでもない。

それからというもの、私は豆狸の帰りをひたすら待っていた。

夫をはじめとする調査団が捜索しているようだが、数日経っても見つかったという報告は届かない。

私が行っても、きっと見つけられない。逆に足手まといになるはずだ。だから今は、信じて待つばかりだ。

そうこうしているうちに、朝子から招待された歌舞伎《かぶき》を観劇する日を迎える。

夫は早めに帰宅し、虫明の手を借りて身なりを整えているらしい。今日は初日なので、夫は袴《はかま》で行くという。

　私は控えめな色合いの訪問着を選んだ。帯はお太鼓結《たいこむす》びにする。背後の席に座る人の邪魔にならないように平たい帯枕を使い、できるだけ量感を出さないように頼んだ。

「奥方様、履《は》き物はこちらの草履《ぞうり》でよろしいでしょうか？」

「ええ、ありがとう」

　草履を持ってきてくれたお萩から受け取る。

　劇場内で音が出る下駄《げた》は厳禁なので、歌舞伎では草履で行くのがお決まりであった。

　髪は低い位置で結い、留め針でしっかり固定するように頼んだ。

　気を遣った装《よそお》いだからか、いつもより時間がかかってしまう。すでに疲労困憊《ひろうこんぱい》であったものの、ここからが本番だ。

　朝子と会ったときも、ピリピリした空気にならないようにしなくてはならない。頑張ろうと、己を鼓舞させたのだった。

　夫は無地袴の羽織《はおり》姿で現れる。いつもひとつに結んでいる髪は、三つ編みにして胸の前から垂らしていた。

「瀬那、行こうか」

「はい」

馬車に乗りこみ、帝都の歌舞伎座を目指す。

車内には、お萩に頼んでいた楽屋見舞い用の差し入れが置かれていた。何にしようか迷ったが、帝都でも人気を博しているいなり寿司にした。

馬車に揺られること三十分ほどで、歌舞伎座に到着する。広間には多くの人達が行き交い、華やかな様子が見て取れる。

朝子はどこにいるのだろうか？　開演時間まで余裕があるものの、楽屋見舞いもしなければならないので、手早く挨拶《あいさつ》を済ませたい。ただ、親族は後回しだろうから、夫と共に大人しくまっておく。

やってきてから十五分ほど経っただろうか。夫が私にしか聞こえない声で囁《ささや》く。

「瀬那、こちらに向かってきているのは、そなたの妹君ではないのか？」

「え？」

大股《おおまた》で歩いてくる女性がいた。踵《かかと》の高い靴《くつ》を履いているようで、カツカツと高い足音を鳴らしている。

「いや、まさか――」

髪を短く切り、音が鳴る靴を履いた洋装姿の人物が朝子なわけがない。

たしかに、よく似ているが……。

女性はありえないことに、手をぶんぶん振りながら私の名を叫んだのだ。

「瀬那じゃない！　遅かったわね」

目の前まで接近したところで、女性が朝子であるのを認めた。

「朝子、その恰好《かっこう》、どうしたの？」

「どうしたのって、今の流行よ。あなた、知らないの？」

あっけらかんとした朝子の言葉に、絶句する。その恰好は、客としてでも周囲から注目を集めてしまう。梨園《りえん》の妻としては、絶対にありえない姿だろう。

「あなた達は堅苦しい恰好なのね」

その言葉を耳にした夫が、朝子をジロリと睨《にら》む。それに気付いた朝子は、さすがに怯《ひる》んだようだ。口をきゅっと結び、二、三歩と後退る。

夫は追撃するように、朝子へ話しかけた。

「楽屋見舞いに行きたい。案内してくれるだろうか？」

「仕方がないわね」

朝子の案内で、無事、寅之助《とらのすけ》の楽屋前に辿《たど》り着くことができた。

「私は忙しいから、あとは自分達でどうにかして」

「ええ、ありがとう」

朝子は不服そうな表情を残しつつ、いなくなる。ひとまず、嵐は去ったわけだ。

廊下《ろうか》にいたお弟子さんらしき青年に声をかけ、中に入れてもらう。寅之助は白塗り化粧《けしょう》に上半身裸という姿で私達を迎えた。

「あ！　あんた達、よく来たな。話したいことがあったんだ」

寅之助はなぜか人払いをし、私達だけが残った。初日なので、挨拶にやってくる人達は多いだろうに。手早く済ませるつもりが、座布団まで勧められてしまった。

寅之助は差し入れたいなり寿司を食べながら、話し始める。

「朝子のことだけどよ、あれは酷《ひど》い女だ」

その言葉に思わず深々と頷《うなず》く。夫も腕を組み、「そうだな」と同意していた。

「あんたら、わかるのか？」

「ええ、まあ」

結婚後、朝子は梨園の妻にふさわしくない、派手で奔放《ほんぽう》なふるまいを繰り返しているらしい。その行動の数々は大衆雑誌で記事になるほどだったという。

「朝子を見初《みそ》めたのは、襲名前に料亭〝花《はな》むしろ〟で若おかみをしているときだったんだが、今は別人のようだ。ありゃ、とんでもない猫を被《かぶ》っていたんだな」

「料亭〝花むしろ〟で若おかみをしていたのは、蓮水《はすみ》朝子ではない。私の妻だ」

「は!?」

寅之助は目が零《こぼ》れそうなほど見開く。若おかみをしていたのは、朝子だと信じて疑っていなかったのだろう。

「あんた、朝子の振りをして、長年にわたって若おかみを務めていたのか?」

「ええ、まあ」

寅之助は目を眇《すが》め、私を見つめる。小さな声で「たしかに、よく似ているな」と呟《つぶや》いていた。

「いや、祁答院《けどういん》家の当主が本妻の娘ではなく、妾《めかけ》の娘を娶《めと》った謎について、話題になっていたんだ。そういうことだったのか!」

「言っておくが、他言無用だからな。もしも喋《しゃべ》ったら、そなたに呪いを飛ばす」

「おいおい、怖いことを言うなよ」

なんでも夫は、私の名誉のために指摘してくれたらしい。私のしたことが、朝子の手柄になるのは我慢できないようだ。

「いや、もう、失敗した。結婚は人生の墓場だ、なんて言っている奴がいたが、今は気持ちがよくわかる」

夫は寅之助の主張が理解できないようで、首を傾《かし》げていた。

「結婚をしてから、私の人生は始まった気がしたのだが？」

「それは、あんたの嫁が〝当たり〟だったからなんだよ。俺のところは、〝外れ〟だ」

今現在、寅之助は離婚を視野に入れているらしい。

「歌舞伎役者の離婚は醜聞《しゅうぶん》になるのではないのか？」

「いや、このまま朝子が梨園の妻をしていたほうが、醜聞になるんだよ。結婚後、何回報道されたか……！　あいつ、記者に追われるのを楽しんでいるんだ。本当に信じられない」

話を聞けば聞くほど、寅之助が気の毒になってくいる。なんて思っていたが、次なる一言を聞いて、撤回することとなった。

「あ、そうだ！　祁答院家の当主、うちの朝子と、そっちの嫁さんを交換しないか？」

「は？」

「顔はそっくりだし、祁答院家は郊外に屋敷があるから、朝子を閉じ込めておくのにはうってつけだろう？」

「そなたは何を言っている？」

夫は真顔だったが、全身から怒りが滲《にじ》んでいるように思えた。これ以上はいけない、そう思って夫の腕を取る。

袖《そで》を引っ張り、落ち着け、落ち着くようにと目で訴えた。けれども夫の視線は寅之助ただひとりに注がれていた。

「妻を交換する、だと？」

「どうせ、顔が好みなんだろう？　朝子はそっちの嫁よりも口うるさくて、我《わ》が儘《まま》なだけだ。そろそろ従順なばかりの妻に、飽《あ》きてきているんじゃないのか？」

夫は懐《ふところ》から管狐《くだぎつね》が入っている竹筒《たけづつ》を取り出す。管狐の手は鋭い鎌みたいな形をしている。伝達だけでなく、攻撃手段としても使えるのだろう。

私はすぐに、夫が握っていた管狐を取り上げた。

今になって、寅之助は夫が発する無言の怒りに気付いたようだ。

「いや、静かに怒るなよ、怖いな」

「他人の気持ちがわからない者に、怒るなんて無駄でしかないからな。相手にせずに、静かに葬《ほうむ》るのが私のやり方だ」

「葬るって――！　いや、悪かった。冗談のつもりだったんだが」

「本当か？」

「いや、まあ、半分本気だったが」

夫から渾身《こんしん》の睨みを受けた寅之助は、額にびっしりと脂汗《あぶらあせ》を浮かべていた。まさに、蛇に睨まれた蛙《かえる》状態である。

「申し訳ない。もう言わないから許してくれ」

寅之助は気を悪くさせたお詫《わ》びだと前置きし、ある見世物《みせもの》小屋の入場券を私達へ差し出す。入場券を受け取った夫は、険しい表情で見下ろしていた。

「〝夢物語の大道芸〟だと？　なんだ、これは？」

「これまで見たことがない、とっておきの奇跡を目撃できる見世物らしい。朝子がどうしても見たいって言うから、苦労をして入手したんだ」

なんでも入場券は一般販売されておらず、明らかにされていない販路から買わなければならないようだ。

「これを手に入れるのに、二ヶ月もかかった貴重なものなんだよ。値段も一枚につき、庶《しょ》民《みん》の年収くらいなんだ。あげるから、先ほどの発言は許してくれ」

見世物小屋の入場券と引き換えに、朝子と離婚しようと思っていたらしい。こんなもので離婚を切り出されるのは、どうかしているとしか言いようがないのだが……。

「このような胡散臭《うさんくさ》い見世物など、くだらない」

「まあまあ、そう言うなよ。これを見たものは絶対に口外禁止、喋った者は闇の世界に姿を葬られる、とまで囁かれているんだ。きっと、とんでもないものが鑑賞できるんだよ」

「とんでもないものだと？」

「ああ、そうだ。実際に、何人か行方《ゆくえ》不明になっているらしい。恐ろしいだろう？」

夫は何か気付いたのか、ハッと肩を震わせる。

「わかった。これは受け取っておく。だが、今後同じような交渉を持ちかけたら、末代まで呪ってやるからな」

「はいはい。わかった、わかった」

やっとのことで、寅之助の楽屋から脱出することができた。ホッと胸をなで下ろす。

その後、席に着き、歌舞伎《かぶき》を楽しむ。

楽屋では情けない姿を晒《さら》していた寅之助であったが、舞台上では勇ましく、雄々《おお》しい演技を見せてくれた。

朝子に見つからないうちに、そそくさと歌舞伎座を後にする。馬車に乗りこむと、安堵《あんど》からため息が零れた。

「瀬那、少し寄り道をしていこう」

「はい」

途中、喫茶店《カフェー》に立ち寄る。そこは女給《ウエイトレス》がいない、どこか古めかしい雰囲気《ふんいき》の純喫茶であった。

店内は客と店主を仕切る細長い机があるばかり。接客をするのは、初老の男性である。洋風の上着《シャツ》に胴着《チョツキ》、股衣《ズボン》を合わせた姿でいた。

差し出されたお品書きには、さまざまな料理や飲み物が書かれている。

料理はライスカレイにビフテキ、カツレツ、シチウ、チキンライス、御子様洋食。飲み物は珈琲《コーヒー》に紅茶、ソウダ水、チヨコレイト。甘味系はあん蜜にあいすくりいむ、果物とあった。家庭ではあまり馴染《なじ》みのない、異国の料理が豊富に取り揃えてある。最近はこういう店が増えているらしい。

夫は紅茶を頼み、私はソウダ水を注文する。

「――?」

なぜだろうか、ソワソワしてしまう。少し不思議な雰囲気といえばいいのか。外の世界から遮断《しゃだん》された空間のように思えてならない。

私の戸惑いに夫は気付いたようで、こっそり耳打ちをする。

「瀬那、ここはあやかしが経営する喫茶店だ」

「そう、だったのですね」

思わず店主のほうを見る。すると、彼の背後で猫の尻尾《しっぽ》がゆらゆら揺れているように見えた。それは瞬きしている間に、なくなった。

おそらくだが、妖狐《ようこ》と同じく、人の世に溶け込んでいるあやかしなのだろう。店主は一礼すると、店の奥のほうへ消えていった。

「店内に違和感を覚えた理由は、店主があやかしだったからなんですね」

客はひと組ずつしか入れない、特殊な営業体制でいるらしい。密会や相談をするのにうってつけの場所なのだとか。

「このようなお店、よくご存じでしたね」

「あやかしが経営する店があるという通報を受けて、調査した結果、見つけたのだ」

なんでも普段は、幻術を使って隠されているらしい。

夫でも発見までに三ヶ月もかかったようだ。ようやく発見したものの、人間側に害はないと判断し、御上《おかみ》の許可を得て営業を続けているお店のようだ。

「御上は、あやかしを排除しようとお考えではないのですね」

「まあ、そうだな。というか、御上側はいつの時代も、あやかしを都合よく利用してきたからな」

かつて、御上のもとで活躍した陰陽師《おんみょうじ》は、妖狐と人間の夫婦に生まれた者だった。それ以外にも、あやかしを愛人として迎えた御上もいたらしい。

「他にも、天変地異《てんぺんちい》の原因をあやかしのせいにしたり、御上に反旗を翻《ひるがえ》した者をあやかしだと決めつけて退治させたり、罪人を凶悪なあやかしに見立てて部下に退治させ、英雄だと祭り上げたり……まあ、いろいろだ」

　その辺の負い目もあるため、ひっそりと暮らし、悪さをしないあやかしは目こぼしを受けているのだという。

「料亭〝花むしろ〟を営《いとな》む蓮水家がもし、妖狐だと露見しても、長年の営業実績から討伐《とうばつ》対象になることはないだろう」

「それを聞いて安心しました」

　会話が途切れたのと同時に、頼んでいた飲み物がやってきた。無色透明のソウダ水だと思っていたが、運ばれてきたのは澄んだ緑色のソウダ水の上に、あいすくりいむとさくらんぼが載せられた飲み物である。

「こちらは〝くりぃむソウダ水〟という、試作品でございます。よろしかったらどうぞ、お召し上がりになってください」

「ありがとうございます」

「いえいえ」

　もしかして、あやかしだと勘づかれてしまったのだろうか。店主の細い目からは、何も感じ取れないが。

何はともあれ、ありがたくいただくことにしよう。

あいすくりいむは匙《さじ》で掬《すく》って口にする。キンと冷たく、舌触りはなめらかで、やさしい甘さがある。

大事に大事に食べていたのだが、ソウダ水がぶくぶく泡立《あわだ》ち、零《こぼ》れそうになった。慌てて食べ進める。

あいすくりいむとソウダ水の間には、シャリシャリした氷菓ができていた。ソウダ水があいすくりいむに冷やされ、できたものなのだろう。これがまた、おいしいのだ。添えてあったさくらんぼをいつ食べるか、というのも悩みどころである。

店主と目が合ったので、おいしかったという旨《むね》を伝える。すると、微笑《ほほえ》みながら「よかったです」と返してくれた。

再び店主がいなくなると、これまで口数が少なかった夫が喋《しゃべ》り始める。

「瀬那、先ほど寅之助から貰《もら》った〝夢物語の大道芸〟だが」

夫は寅之助から受け取った入場券を懐《ふところ》から取り出す。そこには瞳を輝かせる人々や、翼が生えた馬の姿など、胡散臭い絵が印刷されていた。

「こちらの見世物について、何かお気付きでしたか？」

「ああ。何名か行方不明になっているという話を聞いて、ピンときた」

〝夢物語の大道芸〟が例の祓《はら》い屋《や》と関係があるのではないか、と疑っているようだ。

「家族の通報で明らかになったのだが、資産家が数名、行方不明になっている、という話があった。出かけるとだけ家族に残し、そのままいなくなったらしい」

あやかしが関わっていないので、ふたつの事件は無関係だと決めつけていたようだ。けれども〝夢物語の大道芸〟の話を聞いて、引っかかりを覚えたのだという。

「見世物というのがあやかしを使ったものならば、口外厳禁なのも頷《うなず》ける」

「そういうわけだったのですね」

「もしかしたら、豆狸《まめだ》もここに連れていかれたのかもしれない。発見した当時、ここから抜け出してきた可能性だってある」

夫の推測を聞き、ハッとなる。

豆狸は何かに怯《おび》えるような様子を見せるときがあった。それが、この見世物小屋のことだったら？　ゾッとしてしまう。

「あやかし達を捕らえ、奇跡のような見世物を人々に公開する。外にバレないよう徹底し、バラした者は連れ去ってしまう――」

「それが人の手で行われているとしたら、なんとも醜《みにく》く、恐ろしいものですね」

「ああ」

開催は半月後とあった。入場券を見たところ、興行については不定期と書かれている。

「明日、御上に報告して、現場を視察に行こうと思う」

「ええ……どうか、お気を付けて」

店主が戻ってきたのを見計らい、支払いを済ませる。

帝都でいったい何が起きているのか。暗澹《あんたん》たる気持ちを抱えたまま、帰宅することとなった。

◇◇◇

あれから夫を含む調査隊が〝夢物語の大道芸〟がある見世物《みせもの》小屋に捜査に向かった。そこは下町の寂れた通りで、閑散《かんさん》としていたらしい。

すぐに見つかるだろうと思っていたようだが、地図上ではわかりやすい場所に建っているという見世物小屋が、どこにもなかったのである。

以前行った純喫茶のように、幻術か何かを使って建物自体を隠しているのではないのか。だとしたら、術者が招き入れない限り、発見できないだろう。

数日もの間、周辺を張っていたものの、収穫はなし。地元住民が一日に一回通るか通らないか、くらいの人通りしかなかったようだ。

そんな調査隊を嘲笑《あざわら》うかのように、あやかしの襲撃痕を発見したり、新たな資産家が行方《ゆくえ》不明になったりと、事件は次々と起こる。

どうしたものか、と上層部は頭を抱えていたようだ。

焦っても仕方がない。小さな証拠を積み重ねたら、きっと何かわかるはず。夫はそう言っていたものの、連日の疲れのせいか、目の下にくっきりと隈《くま》が浮かんでいた。

上司より流石《さすが》に危ないと判断され、午後から半休を言い渡されたようだ。

「私は大丈夫なのだが」

とても、大丈夫なようには見えない。根を詰めすぎるところがあるのだろう。

私にできるのは、料理で夫を元気付けることである。

目元に隈を浮かべる夫は、おそらく目が疲れているのだ。そんなときは、ナスがオススメだと以前、料亭〝花むしろ〟の料理長が言っていた。ナスの紫色の皮には目の疲れを軽減する成分が含まれているという。本当かはわからないが、試してみる価値はある。

炒《いた》めた茄子に炒《い》った胡桃《くるみ》と肉味噌を絡めた一品を完成させる。

胡桃を少量摂《と》ると、よく眠れるという言い伝えを乳母から聞いたことがあったのだ。おまじないみたいなものかもしれないが、夫が安眠できるように入れてみた。

冷えは万病のもとだというので、体が温まる油揚げと生姜《しようが》の味噌汁も作る。

他に、ダイコンの煮物や香ばしく焼いた手羽先《てばさき》、ハクサイの漬け物など、夫の好物をいろいろ用意した。

部屋に夫を呼びに行ったら、座布団を枕にして横になっていた。眉間《みけん》に皺《しわ》を寄せた険しい表情で、眠っているようだ。

ここ数日、帰ってくるのは明け方で、私を起こすのは悪いからと別室で睡眠を摂っているのである。三時間も眠っていないのに、翌日は朝になったら出勤するものだから、疲れが完全に癒《い》えていないのだろう。

夫の頭を支えながら座布団を引き抜き、私の膝の上に寝かせる。髪紐も解き、手櫛《てぐし》で調える。

頭を撫《な》でていると、眉間の皺が解《ほぐ》れた。寝顔もしだいに穏やかになっていく。どうか早く事件が解決しますように、と願いをしつつ、眠る夫を見守ったのだった。

それから一時間後に、夫は目を覚ます。

「——っ!?」

もう出勤時間か、焦った様子で口にしたあと、私の存在に気付いた夫はハッとなる。

「瀬那!?」

「伊月様、今はまだ、出勤時間ではございません」

「そうか……半休を押しつけられて、帰ってきていたのだったな」

もう少し眠るかと聞いたら、夫は首を横に振る。

「お風呂になさいますか？　それとも食事になさいますか？」

「瀬那がいいな」

「それは選択肢《せんたくし》にございません」

冗談だったのか、夫は微笑む。私もつられて笑ってしまった。

「こういうふうに気を楽にしたのは、久しぶりだな」

「ええ。ずっと、事件の影響で塞《ふさ》ぎ込んでいたのかもしれません」

自覚はなかったものの、振り返ってみたら私も暗くなっていたような気がする。

「私の元気がなかったので、伊万里も影響されてしまったのかもしれませんね」

事件のせいとはいえ、元気がないままでいるのはよくないだろう。

「伊月様、食事を用意しました。たくさん食べて、元気になりましょう」

「そうだな」

夫と共に夕食を囲み、明日に向けての活力を蓄《たくわ》えたのだった。

翌日、夫の目から隈はなくなり、はつらつとした様子で出勤していった。夫は私の料理のおかげだと言っていたが、しっかり眠ったのもよかったのだろう。

夫を見送ったあと、私は伊万里を振り返る。

「ねえ、伊万里。今日は焼き栗大会をしましょう！」

「焼き栗、ですか？」

「ええ、そう」

秋に山で採った栗を、熟成させておいたのだ。あれから二ヶ月ほど経ったので、甘くなっているに違いない。

ふと、伊万里の表情が暗いことに気付く。

「伊万里、どうかしたの？」

「いえ、豆狸さんが連れ去られてしまっているのに、私が楽しいことをしてもいいのかと、疑問に思いまして」

話しているうちに伊万里は涙ぐみ、眦《まなじり》からポロポロと涙を零す。

彼女はきっと、自分を責めていたのだろう。誘拐《ゆうかい》現場にいたのに、気付かずに眠っていたから。

伊万里の前にしゃがみ込み、彼女の手を取る。

「ねえ伊万里、酷《ひど》い事件があったからといって、自分は楽しんではいけないって、思わなくてもいいの」

「で、ですが、私が気付いていたら――」

「口封じのために、一緒に連れ去られていたかもしれないわ」

あなたはそれでよかった、そう伊万里に伝える。

「おいしいものをしっかり食べて、元気でいないと、豆狸が帰ってきたときに、落胆《らくたん》させてしまうと思うの。だから、一緒に焼き栗を作りましょう」

「っ、はい！」

納得してくれたようで、ホッと胸をなで下ろす。

「じゃあ、庭に行きましょう」

ここで、八咫烏《やたがらす》が飛んでくる。自分も手伝うとばかりに、「カァカァ」と鳴いていた。

外は北風が吹き、肌寒い。けれども焚《た》き火《び》を点《つ》けたら、体は温まるだろう。

「私は枯れ葉を集めておくから、伊万里と八咫烏は枝を拾ってきてくれる？」

「はい――え？」

伊万里が上空を見つめ、目を見開く。何がいるのかと、私の肩に留まっていた八咫烏と一緒に見上げた。

小さな黒い点がふたつ、青空に浮かんでいる。あれはいったい――？

と、疑問に思っているところに、ふたつの点がさらに分裂する。それだけでなく、こちらに目がけて落ちてきたではないか。

「えっ、ちょっと、何⁉」

「わー！」

「どー！」

「むー！」

「ひー！」

甲高《かんだか》い叫び声と共に、角《つの》を生やした鞠《まり》みたいな生き物達が次々と着地する。

彼らは――天邪鬼《あまのじやく》達だ！

天邪鬼達が降り立った瞬間、八咫烏は慌てた様子で「カー！」と鳴き、私の背に張り付く。以前、食べられそうになったので、警戒しているのだろう。

地上に降り立った天邪鬼達はもじもじした様子で、私を見つめていた。

「あ、あなた達！」

よく来てくれた。自然と零《こぼ》れた言葉と共に、腕を広げる。すると、天邪鬼達は私の胸に飛び込んできた。

「会いたかった、うきうき！」

「気まずくて、会えなかったんだ、こんちくしょー！」

「乱暴して、ごめんなさい、しくしく」

「ずっと反省してた、わくわく！」

私の元に集まった天邪鬼達は喜怒哀楽を爆発させつつ、必死な様子で訴えてくる。

「うん、うん、大丈夫。大丈夫だから」

天邪鬼達をなぐさめていると、新たなあやかしが地上に降り立った。

白髪頭《しらがあたま》にぎょろりとした目と長い鼻の真っ赤な仮面を被《かぶ》った、山伏《やまぶし》姿に翼を生やす天狗《てんぐ》の兄弟である。

「たのもう！」

「我ら、右近坊《うこんぼう》、左近坊《さこんぼう》なり！」

「ど、どうも」

空から現れたということは、裏鬼門《うらきもん》を通ってきたのだろう。ゆきみさんに続き、突然の訪問で驚いてしまう。

「あの、どうかなさったの？」

「この天邪鬼共が何日もぐずぐずしおって」

「見ていられず、ここに連れてきたのだ」

「そうだったのね」

右近坊と左近坊が天邪鬼達を抱えて空を飛んできたようだが、祁答院家の上空に到着した途端に飛び出していったらしい。

「合わせる顔がないから二度と会えない、と言っていた者共の行動とは思えなかった」

「まさに！」

腕を組む天狗の兄弟の周りで、天邪鬼達は駆けっこを始める。無邪気な彼らに戻って、本当によかったと思う。

「この栗は何？　うきうき！」

「栗投げでもするのか？　こんちくしょー！」

「どうせ、独《ひと》り占《じ》めするんでしょう？　しくしく」

「少しだけ食べたい！　わくわく！」

「ああ、それは今から焼き栗をしようと思って。そうだ、みんなで庭に落ちている木の枝を集めてきてくれない？」

「わかった、うきうき！」

「枝集めくらい、お手の物だ、こんちくしょー！」

「全部、拾い尽くすかも、しくしく」

「負けないぞー！　わくわく！」

天邪鬼達は散り散りになっていく。楽しそうで何よりだった。

念のため、伊万里に庭の案内をするように頼む。だが、天邪鬼達は目にも留まらぬ速さで散り散りになっていく。

お萩が天狗の兄弟のために、お茶を運んできてくれた。添えられたお菓子は、昨日私が作った蒸し饅頭《まんじゅう》である。

「むう、なんぞ、このフワフワした菓子は」

「初めて見るぞ！」

「蒸し饅頭っていうんだけれど、お口に合うかしら？」

「む、虫が入っているのか!?」

「なんと面妖な！」

蒸しを虫と勘違いするとは思いもしなかった。すぐに弁解する。

「虫は入っていないわ。蒸気で蒸して仕上げるお菓子なの。それで蒸し饅頭っていうのよ」

虫は入っていないと聞いても、少し警戒しているようだった。けれども八咫烏がパクパク食べ始めると、右近坊と左近坊は安堵《あんど》した表情を見せる。

真っ赤な天狗の仮面を外し、おいしそうに頬張《ほおば》っていた。

お茶を飲み干したあと、ふたりは居住まいを正す。何か言いたげな様子だった。

「いいだろうか？」

「少し、話がしたい」

「ええ」

先日、皐月さん夫婦が天邪鬼達をもてなしたとき、いざこざが起こった。天邪鬼達は激昂《げっこう》し、怒りが増大した結果、姿を変えてしまう。

「そのさい、その場にいた男を刺した、と言っていたようだな」

「それに関して、天邪鬼達に詳しい話を聞いたところ、刺していないと言っていたのだ」

「え!?」

その場にいた男というのは、清《きよし》さんである。短刀が深く刺さり、全治一ヶ月という診断があった。

「危害は与えていないのに、男は突然蹲《うずくま》り、苦しみだしたようだ」

「何が起こったのか、天邪鬼達にもわからないという」

「そ、そんな……！」

もしかしたら清さんは動転し、混乱していた最中で、自分で短刀を刺してしまった可能性が浮上した。

「もしくは、自作自演か」

「天邪鬼達を悪者にするために、自分で自分を刺したのかもしれない」

当時の状況は、あいまいな情報しかない。皐月さんは取り乱していたので、十分な証言は得られていなかったのだ。

「身内を悪く言ってしまい、申し訳ない」

「我々は天邪鬼寄りの考えになっているから、今一度調査を進める」

「ええ、それがいいわ」

これまで清さんが何かした可能性について、深く考えていなかった。彼は被害者だから、というのが根底にあったのかもしれない。

「右近坊、左近坊、ありがとう」

「こちらのほうこそ、聞いてくれて感謝する」

「天邪鬼達が、気の毒でな」

話はそれだけではなかったらしい。ふたりはさらに表情を険しくさせる。

「雪美《ゆきよし》殿から、あやかしが行方《ゆくえ》不明になる話を聞いただろうか？」

「ええ」

なんでも行方不明になったあやかしは、まだ戻ってきていないらしい。あやかし界隈《かいわい》でも、大きな問題になっているようだ。

「こうなったら、我々が囮《おとり》になって、囚われようという計画を立てた」

「上手《うま》くいくと思っていたのだが――」

見上げるほどの大きさの天狗の兄弟が、帝都の街に降り立っていたらしい。

「初日は気配を消しておった」

「しかしながら、誰にも気付かれなかった」

これではいけないと、気配を少しちらつかせて待機していたという。

「すると、山上《やまがみ》家の者達に見つかってしもうた」

「何をしているのかと、叱《しか》られてしまったのだ」

翌日は再度、気配をなくし、怪しい人物が通りかかったら存在を示そうと思っていたようだが――。

「今度は見回りをしておった伊月殿に見つかってしもうた」

「気配は完全に消していたのだがな」

何をしているのかと夫に聞かれ、彼らは正直に打ち明けたという。

「伊月殿に、我らは人間が連れ去ることができるような規模ではない、と言われた」

「攫《さら》うならば、もっと小さく、弱気なあやかしを選ぶだろうと」

指摘されても尚、右近坊と左近坊は潜入調査ができると信じて、夜の帝都に立ち続けたようだ。

「ついに、ある日の晩、怪しい男を見つけた」

「落ち着かない態度で目をあちこちに動かし、周囲を見回っていたのだ」

彼こそがあやかしを攫う不届き者に違いない。そう思った右近坊と左近坊は、男の前に姿を現したという。

「我らを目にした途端、男は大声をあげて逃げていった」

「我らを捕まえなかったので、犯人ではなかったのかもしれない」

申し訳ないことをした……とふたりはしょんぼりと肩を落としている。

「あの、言いにくいことなんだけれど、たぶん、あなた達だから、誘拐《ゆうかい》したくてもできなかったのよ」

「伊月殿もそう言っていたな」

「双子揃った稀少なあやかしがいれば、攫いたくなるだろう？」

だろう？　と聞かれても、六尺六寸を大きく超える大男はあやかしでなくても誘拐は困難である。

彼らは自分達が屈強で勝てそうにない見た目をしていることに、まったく気付いていないようだ。

「ううむ、あの男が犯人である可能性があるのか！」

「なんと、盲点だったぞ！」

まだ確証はない。けれども、深夜に落ち着かない様子でうろついているなんて、不審者としか言えないだろう。

「怪しい男の人を見かけたのは、いつくらい？」

「一昨日だな」

「その日、一度、幽世《かくりよ》に帰ったのだ」

目撃情報は記録しておいたほうがいいだろう。

急いで部屋に戻り、紙と筆、壺《つぼ》に入った墨汁《ぼくじゅう》を持ってくる。まずは以前、夫がしていたように姿絵を作成しよう。

「右近坊と左近坊、その人がどんな見た目だったか、覚えている？　年齢とか、見た目とか、なんでもいいのだけれど」

「そうだな——年の頃はよくわからん」

「頬《ほ》っ被《かむ》りで顔が隠れていたからな」

「頬っ被り!?」

以前、豆狸《まめだ》を攫った男も、頬っ被りをしていた。ただそれは、顔を隠すためのよくある手段である。同一人物とは限らない。

「背丈は我々よりもだいぶ小さい」

「五尺五寸くらいか」

これも、以前豆狸を攫った男と同じだ。

「酷《ひど》く猫背《ねこぜ》で――」

「鈍色《にびいろ》の羽織《はおり》に袴《はかま》を合わせ、足元は動きやすいように石帯《せきたい》で締めていた」

完成した姿絵は、以前夫が描いたものと酷似《こくじ》している。紙に右近坊と左近坊が一昨日見かけたという旨《むね》を書き、何度か扇《あお》いで墨汁を乾かした。それを筒《つつ》状に丸めると、紐で縛《しば》った。それを、管狐《くだぎつね》に頼んで夫に届けてもらう。

「右近坊、左近坊、ありがとう」

事件についてだけではなく、豆狸を攫った男についても情報を得ることができた。

心から感謝する。

彼らは今後も街で調査を続けるらしい。犯人が見つかればいいのだが……。

「お願いがあるんだけれど、もしも頬っ被りの男性を見つけたら、私のところに連れてきてくれる？」

「あいわかった」

「お安い御用だ」

と、ここで天邪鬼《あまのじゃく》達と伊万里が戻ってきた。

天邪鬼達は一冬越えられそうなほどの枝を拾ってきた。

「それ、全部庭にあったものなの？」

疑問に伊万里が答えてくれた。

「天邪鬼さん達、祁答院家の庭を跳び越えて、周囲の山から集めてきたみたいです」

「そ、そうだったの」

ただ、枝はたくさんあって困るものではない。ほどよい太さなので、台所の調理にも使えるだろう。ありがたく受け取っておく。

「みんな、ありがとう。これで栗を焼くわね」

天邪鬼達は鞠《まり》のようにぽんぽん跳びはね、喜んでいた。

その後、焼き上がった栗は信じられないくらい甘くて、とてもおいしかった。たくさんあったのだが、ぺろりと完食してしまったわけである。

天邪鬼達は右近坊と左近坊にしがみつき、帰っていく。彼らと入れ替わるように、夫が戻ってきた。

「瀬那、ただいま帰った」

「おかえりなさいませ、伊月様」

私が管狐に頼んで送ってもらった姿絵を見て、急いで帰ってきたらしい。

「書いてあったもの以外でも、ご報告がございます」

「わかった」

それは、清さんのことについて。天邪鬼達は短刀で刺していないと主張していたのだ。

「なるほど。気が動転して自分で刺してしまったものを、天邪鬼のせいにしたか。何かやらかして、自作自演をした可能性もある」

嘘を暴くのは難しい。事の重大さが大きければ大きいほど、疑った時点で相手の信用も失ってしまうから。

「ただ、証拠がないのが痛いところだな」

「皐月《さつき》さんは天邪鬼に刺された、とおっしゃっていたのですが」

「いや、その証言は信用ならない」

恐ろしい姿へ変化した天邪鬼を前に、皐月さんは恐慌状態にあった。見間違っていた可能性が高いという。

「あの、私が清さんを見舞いに行って、それとなく聞いてみましょうか？」

「いや、嘘を吐くような男が、本当のことを話すとは思えない」

「どうすれば嘘か本当かわかるのか——あ!!」

以前、天邪鬼達から〝嘘を暴くお札〟を貰《もら》っていたのだ。棚《たな》にしまいこんだまま、すっかり忘れていた。

「伊月様、天邪鬼達からいただいた〝嘘を暴くお札〟がございます。これを使ったら、清さんから真実を聞き出すことができるでしょう」

「天邪鬼達は、そなたにそのような札を渡していたのだな」

「ええ、そうなんです」

「どうせ、私に使うかもしれないから、詳しく話すなと言っていたんだろう？」

「それは、どうだったか……」

とにかく、これがあったら清さんの嘘を暴くことができる。

「嘘でなかったら、このお札も作用しないはずですから」

明日にでも見舞いに行こうか、なんて予定を提案してみたが、夫はすぐに病院へ向かうという。

「伊月様、もうすでに面会時間は過ぎているような気がしますが」

「そういうのはなんとかなる」

　夫はそう言って、私へ手を差し伸べた。〝嘘を暴くお札〟をそっと手のひらに載せたら、「そうではない」と返されてしまう。

「瀬那、そなたも一緒に来るのだ」

「わ、私も、ですか？」

「そうだ」

「連れていってくださるのですか？」

「もちろんだ」

　足手まといではないのかと聞いたが、夫は小首を傾《かし》げる。

「そなたを足手まといなどと思ったことなどない。もしも何か起こった場合は私が守る。これで、同行しない理由があるだろうか？」

「いいえ、ございません」

　私は夫の手に指先を重ねる。すると、ぎゅっと握り返してくれた。

　その後、大急ぎで身なりを整える。八咫烏《やたがらす》を胸に抱いた伊万里が、玄関まで見送りにきてくれた。

「ご主人様、奥方様、どうかお気を付けて」

「ええ。伊万里と八咫烏は、留守番をお願いね」

伊万里と八咫烏は、同時にコクリと頷《うなず》いた。

外は真っ暗である。夜空には三日月がぽっかり浮かんでおり、霞《かすみ》がかっているためか星はあまり見えない。あやかしとひょっこり遭遇《そうぐう》してしまいそうな夜である。夫と共に馬車に乗りこみ、清さんが入院しているという病院を目指した。

帝都の表通りは灯りがたくさん灯っていて、賑《にぎ》やかな様子だった。

一本裏道を通ると、ガス灯がいくつかあるばかりで、少し不気味な雰囲気《ふんいき》である。

下町のほうへ入ると、灯りはまったく点いていない。

「あの、伊月様、この辺りは、見事に真っ暗なんですね」

「そうだな」

いつもの下町の風景らしい。このような中を、夫は角灯《かくとう》を片手に調査しているようだ。

病院の近くに到着したのだが、周囲は何も見えないほどの暗闇である。

馬車から降りると、表通りのほうへ消えていった。下町では大きな乗り物は目立つので、ここからは歩いていく。

病院は昼間見るよりも、ずっとおどろおどろしい印象である。患者の容態が悪化したときのために、夜勤の看護師がいるのかと思っていたが、扉を覗《のぞ》き込んだ先は闇が広がっていた。

「ここは、誰もいないのでしょうか?」

「どうだろうか」

出入り扉はしっかり施錠《せじょう》されている。夫は病室の窓があるほうへ回り込んだ。眠る患者を怖がらせてはいけないので、夫は天狐《てんこ》を呼んで確認させる。

祁答院家の屋敷から召喚された天狐達は、子狐くらいの大きさになると、夜の闇に消えていった。

五分と待たずに天狐達は戻ってくる。

どの部屋も窓は磨《す》りガラスで、中の様子はわからなかったという。当然、鍵《かぎ》もかけられていたようだ。

「伊月様、明日、出直してきますか?」

「いいや、今日のうちにあの男に会っておきたい」

夫は管狐が入った竹筒《たけづつ》を取り出すと、何か小声で指示を出していた。

ひょっこりと顔を覗かせた管狐は、窓のわずかな隙間《すきま》から中へ侵入する。そして、中から解錠された音が聞こえた。

管狐の手によって、窓が開かれる。夫は窓枠《まどわく》に足をかけ、そのまま病院へ侵入する。内部を確認すると、外に戻ってきた。

「廊下《ろうか》には人の気配はない」

「さようでございましたか」

着物なので侵入は難しいと思ったが、夫が私をひょいっと抱き上げ、中に入れてくれた。夫もあとに続く。

病院の内部は、何も見えないほど暗い。手に持った角灯の灯りを頼りに進んでいく。病室からも、人の気配はなかった。扉が開いている部屋があったものの、覗き込む勇気なんてとてもない。

なんだか外よりも寒い気がして、体がぶるりと震えた。一刻も早く清さんから話を聞いて、家に帰りたい。それが、私のささやかな願いである。

一回目のお見舞いで行った覚えのあった、清さんの部屋の前で立ち止まった。

扉を叩くことなく、夫は部屋の取っ手を捻《ひね》った。しかしながら、手応えはない。鍵をかけているようだ。

ここでも、夫は管狐に頼んで解錠させる。一分と経たずに、管狐が扉を内側から開いてくれた。

中を覗き込んだ瞬間、強い風がヒューっと吹く。

「え、風?」

「どういうことだ?」

中に入ると、窓に掛けてある白い布がひらひらと揺れている。そのすぐ傍にある寝台には、誰も眠っていなかった。

先ほど天狐が窓を確認したときには、きちんと施錠をされていたようだが……。

入れ替わりになった、というわけなのか。

「あ、あの、清さんはどちらに行かれたのでしょうか?」

「誘拐《ゆうかい》されたか、それとも自分から出ていったかのどちらかだ」

夫は険しい表情で、「怪しい」と呟《つぶや》く。回れ右をして、隣の部屋も確認した。

「こっちの部屋も不在か」

清さんの部屋とは異なり、窓は閉ざされているうえに、寝具に乱れはない。以前見舞いにやってきたときは、隣の部屋にも患者がいるように思えたのだが。退院したのかもしれないが、もとから患者など存在しなかった可能性もある。

夫はすべての病室を確認していく。どの部屋にも、患者はひとりとしていない。さらに、看護師の常駐室を除いて棚《たな》や引き出しの中も見て回った。

消毒液や包帯、綿布という、家庭用の救急箱かと思うくらいの貧相な医療品があるばかりであった。

「わかった。ここは病院を偽装した建物だ」

「そ、そんな！」

「ここを出よう。気味が悪い」

「え、ええ」

出てきた窓から外に脱出し、ここよりも明るい通りを目指す。

「あの男は、いったいどこに行ったのか」

「全治一ヶ月の怪我《けが》で、出歩ける訳がないのですが」

「そもそも、怪我自体していないのかもしれない」

「あ！」

病院の人達が共犯者であったら、その可能性は大いにある。

「たしかに、清さんが刺された部屋で、血の臭《にお》いはしませんでした」

一ヶ月もの入院が必要な刺し傷であれば、畳《たたみ》に血が染みついているはずだ。それもなかった、ということは――。

「ますます胡散臭《うさんくさ》いな」

それにしても、清さんはいったいどこに行ったのか。

「もしかしたら、皐月さんが下宿している知り合いの家にいるかもしれないですね」

「では、そこを訪問しよう」

他人様《ひとさま》の家を尋ねる時間ではないものの、事情が事情だ。

「姉上にも、東雲《しののめ》清がいなくなった旨《むね》を報告する」

本当の情報を伝えることによって、皐月さんが事件に関与しているか、していないのか確認するようだ。

彼女を巻き込みたくないのだが、これ以上事件を長引かせたくない。皐月さんには協力してもらう。

管狐《くだぎつね》を使って馬車を呼び寄せ、皐月さんの下宿先を目指した。夜分遅い訪問だったので、皐月さんは寝間着《ねまき》姿でやってくる。

「伊月、瀬那さん、揃ってどうかなさいましたの？」

夫は「あまり大きな声では言えないのだが」と前置きし、事情を打ち明ける。

「そんな、夫がいなくなったですって!?」

皐月さんはみるみるうちに顔色を青くさせ、指先を震わせていた。明らかな動揺《どうよう》を見せている。演技をしているようにはとても見えない。

夫のほうを見ると、微《かす》かに頷く。おそらく、皐月さんが清さんのやっていることに関与していないと判断したのだろう。

「全治一ヶ月の怪我をしているのに、病院を抜け出すなんて……。どこかで倒れているのではなくって？」

本当に全治一ヶ月の怪我を負っているならば、窓から抜け出すことなど不可能だろう。

「姉上、東雲清の交友関係に、怪しいと思った人物はいないか？」

「い、いいえ……。清さんは外で飲む機会が多くて、誰かを家に招いたことはなく、交友関係に関しては、あまり詳しくありません」

「どこの飲み屋に行っていた？」

「それは――」

キュッと口を噤《つぐ》む。皐月さんは何か知っているのだろう。

「皐月さん、清さんの命に関わるかもしれないことです。どうか、正直に打ち明けてください」

「ええ、そう、ですわね」

皐月さんが案内したのは下町の裏路地にある、ひっそりと営業する飲み屋だった。見た目は古びた民家にしか見えないものの、営業しているらしい。

清さんは酔っ払って家に帰れないことがあったので、皐月さんが迎えに行っていたようだ。なんとも情けない話である。皐月さんも事情を打ち明ける間、気まずそうにしていた。

店内から下卑《げび》た笑い声が聞こえる。中に入るのを躊躇《ためら》うような雰囲気《ふんいき》を感じとってしまった。

けれども夫は気にせず、勢いよく扉を開く。

内部では酒を飲みつつ、談笑する中年男性の姿があった。それだけではなく、囲碁《いご》や将棋《しょうぎ》、かるたに麻雀《マージャン》、乱雑に重ねられた紙幣《しへい》に、散らばる硬貨という、いかにも賭博《とばく》をしています、という雰囲気であった。

昔も今も、賭博は犯罪だ。

先ほど皐月さんが躊躇う様子を見せていたのは、この現場を知っていたからだろう。

夫を客ではないと判断されたのか。顔に入《い》れ墨《ずみ》を入れた厳《いか》つい風貌《ふうぼう》の男が、こちらへと迫ってくる。

「なんだ、お前は？」

「そなたに名乗るような名は持ち合わせていない」

「生意気な!!」

瞬時に男は殴《なぐ》りかかろうとしたものの、夫は回避。足払いをして転倒させる。男は囲碁で使う白と黒の駒《こま》を散らしながら、派手に転がっていった。

それが合図となり、大乱闘となった。次々と襲いかかってくる悪漢を、夫は必要最低限の攻撃で倒していく。

私は皐月さんと共に、巡回する邏卒《らそつ》へ助けを求めた。

「あの、助けてくださいませ！」

「夫が賭博に手を染める者達の店を発見したのですが、店内にいた人から襲われてしまい――！」

邏卒の青年と共に現場へ駆けつけると、夫はすでに全員の手足を縄で縛《しば》っているところだった。

やってきた邏卒を見るなり、ここが賭博場になっていること、全員、金銭のやりとりをしていたことなど、簡潔に伝える。

客の中に、清さんはいなかったようだ。

ここに長居はできない。清さんを探さなければならないだろう。去ろうとしたら、邏卒の青年に引き留められる。

「あの、事情聴取をしたいのですが」

「今日は用事があるから無理だ。明日、宮内府《きゅうないふ》の祁答院を訪ねてきてくれ」

「け、祁答院様でしたか!!　大変失礼いたしました!!」

邏卒の青年は背筋をピンと伸ばし、敬礼する。彼はそれ以上、夫を引き留めなかった。

夫は歩きながら、皐月さんを責めるような言葉を口にする。

「東雲清は賭博をしていたのか」

「生活をするお金がなくて、仕方なくとおっしゃっていました」

「生活費がないのであれば、働くしかないだろう。どうして、賭博で稼《かせ》ごうとする。何より、なぜ姉上は止めなかった？」

「それは――」

夫はじろり、と強い瞳で皐月さんを睨《にら》んでいた。清さんが行方《ゆくえ》不明となり、弱っているところに酷《ひど》いのでは？　とも思ったが、口出しはしなかった。

「清さんに意見したら、離縁されると思っていましたの」

「どうしてそういう思考になるのだ？」

「これまでも何度か、離縁をちらつかせていたことがありましたから」

清さんは気弱な雰囲気だが優しい夫、という雰囲気だったが、印象がひっくり返る。

「あの男は、金に困っていたのか？」

「え、ええ」

「祁答院家に戻ってきたのは、自分達で生活できなくなったからだな?」

皐月さんは泣きそうな表情で、こくりと頷《うなず》いた。今はそれくらいでいいだろう。私は皐月さんの肩を抱き、夫から遠ざける。

「皐月さん、他に、清さんが行きそうな場所はご存じですか?」

「わ、わかりません」

暗闇の中、八方塞《はっぽうふさ》がりとなる。どこをどう探せばいいのやらと困り果てているとき、上空から聞き慣れた声が響き渡る。

「おーい!」

「伊月殿ー! 瀬那殿ー!」

それは天狗《てんぐ》の兄弟、右近坊と左近坊の声であった。夫が手を振ると、降りてくる。

この暗い中、私達を捜し回っていたのだろうか。

右近坊が何か抱えていた。丸太のようだと思ったそれは、よくよく見たら縄でぐるぐる巻きにされた男性だった。

男性の口元には猿轡《さるぐつわ》が嵌《は》められており、涙で潤んだ瞳で私達を見つめる。

こんなふうに運んできて、彼が何をしたというのか。夫と共に呆然《ぼうぜん》としていたら、皐月さんが弾かれたように反応した。

「清さん!!」

驚いたことに、縄でぐるぐる巻きになっているのは清さんだった。

「おい、右近坊と左近坊、なぜ、彼をこのようにして運んできた？」

夫が問いかけると、天狗の兄弟は互いに顔を見合わせ、同じ方向に首を傾《かし》げる。

そして、その理由を語った。

「彼が先日見かけた、頬《ほ》っ被《かむ》りの男だ」

「偶然発見したので、連れてきたぞ」

「え、嘘……!?」

右近坊が縄を解くと、豆狸《まめだ》を攫《さら》ったときに着ていた服装だった。頬っ被りは空を飛んでいるうちに、取れてしまったらしい。

「あまりにもこの男が暴れ、叫ぶのでな」

「縄と猿轡《さるぐつわ》をして、連れてきたのだ」

縄を解かれた清さんは逃げようとしたものの、首根っこを左近坊に掴《つか》まれる。

「ヒイ!!」

「逃げるな」

「悪いようにはせん」

天狗の兄弟にすごまれながら、何もしないと言われても、恐怖しか抱かないだろう。

ここで夫が右近坊と左近坊に言葉をかける。

「ふたりとも、深く感謝する。あとは、私に任せてくれないか？」

「ふむ、伊月殿の頼みならば」

「承知した」

清さんの身柄は、夫に預けられる。

夫も左近坊がしていたように、清さんの首根っこを摑んだ。逃げないための対策なのだろう。

右近坊と左近坊は幽世《かくりよ》に帰ると思いきや、私達を遠巻きにするだけだった。なんでも最後まで見届けたいらしい。

「東雲清、夜、病院を抜け出して、何をしていた？」

「さ、散歩です！　なんだか、眠れなくって」

「全治一ヶ月の怪我《けが》を負った者が、ほいほい出歩けるわけがないだろうが」

「ここ最近、傷の治りが早くて」

夫は清さんを睨みつつ、着物の襟《えり》を空《あ》いている手で引っ張った。短刀で刺されたであろう腹部には、傷ひとつない。

「これは、どういうことだ？　傷痕すらないではないか？」

「あ、えっと、その……」

「正直に言え。でないと、しかるべき場所に突き出すぞ」

「ヒッ!!」

清さんは右に、左にと視線を泳がせながら、事情を語る。

「へ、変貌した天邪鬼《あまのじゃく》が恐ろしくて、この家には、いられないと思ったんです！　だから、怪我をしたと、嘘をつきました！」

「自分の恐怖心を誤魔化《ごまか》すために、天邪鬼に罪をなすりつけたというわけか」

「す、すみません」

清さんは夫が恐ろしかったのか、ボロボロと涙を流す。

「もうひとつ質問する。天邪鬼はなぜ、あのような姿になったのだ。何か、お前がしたのではないのか？」

「そ、それは、俺が果物を切ろうとして取り出した短刀に驚いて――」

「嘘を言うな。それだけで天邪鬼がああなるものか！」

「でも、それしか覚えがなくて」

今度も目が泳いでいる。あれは清さんが嘘を吐くときの癖《くせ》なのかもしれない。

皐月さんもそれがわかっていたのだろう。一歩前に出て、清さんに訴える。

「清さん、もう止めましょう。本当のことを、おっしゃってくださいませ。惨《みじ》めで、見ていられません」

清さんはその言葉を聞いた瞬間、顔を真っ赤にして怒り始める。

「お前は、何を言っているんだ！　料理もまともにできない、半人前以下の女のくせに!!」

皐月さんを愚弄《ぐろう》する言葉を吐いた瞬間、清さんの体は一周回って地に落ちた。夫が投げ飛ばしたようだ。

「ぐへっ!!」

清さんは地面をぐるぐる回り、右近坊と左近坊の足にぶつかって止まる。

「この程度の攻撃で受け身が取れないとは」

「ふうむ、軟弱な男だ」

天狗の兄弟に顔を覗《のぞ》き込まれた清さんは、悲鳴を上げる。

「何もかも諦めろ」

「腹を括《くく》って、真実を話すのだ」

「い、いやだ！　俺は、間違っていな――」

惨めったらしく叫ぶ清さんの額に、夫が〝嘘を暴くお札〟を貼り付けた。

どれだけ言っても、真実を打ち明けないと判断したのだろう。

お札はすぐに効果を発揮する。

「俺は、天邪鬼を捕まえようと、刃物で脅《おど》した。そうしたら、恐ろしい姿に変わってしまったのだ」

「なんと！」

清さんは口を塞ごうとするが、意に反して口は動き続ける。

「豆狸を盗んだのも俺だ。あやかしは、〝夢物語の大道芸〟の関係者に引き渡すと、いい値で売れるんだ！　屋敷で見かけたときに、〝夢物語の大道芸〟の関係者が探していたあやかしだと気付いたんだ」

信じがたいことに、あやかしを攫っていた男の正体は、清さんだったのだ。

以前、椎《しい》の実《み》を拾っているときに、豆狸が視線を感じると反応したことがあった。あれは、清さんがこちらを見ていたのだろう。

あのとき清さんのおかしな行動に気付いていたら、豆狸が誘拐《ゆうかい》されることもなかったのかもしれない。本当に、申し訳なくなってしまう。

「祁答院家には、姉上に渡していた札で入ったのだな？」

「そう、そうだ！　狐も一緒に捕らえようとしたのだが、契約を交わした個体だったので、止めた」

　狐というのは伊万里のことだろう。夫との契約が、彼女を守ってくれたのだ。

「あやかしを売って得た金で賭博《とばく》をして、金が尽きたらあやかしを捕まえに行く。そんな毎日だった」

　けれども賭博を警戒する邏卒《らそつ》の巡回が増え、行きつけの飲み屋がひとつ、ひとつと潰れていったらしい。

「一回、捕まりかけたんだが、邏卒の野郎にしっかり顔を見られてしまった。どこかに雲隠れしなければと考えていたとき、皐月の実家について思い出したんだ」

　祁答院家に戻ってきたのは、邏卒から身を隠すためだったようだ。

「なんでも祁答院家はあやかしがわんさか出入りするっていう話だったから、都合がいいと思って、皐月を説得し、身を寄せることに決めた」

　清さんは探さずともやってくるあやかしを攫い、売り飛ばすことも目論《もくろ》んでいたらしい。ほとぼりが冷めるまで祁答院家に潜伏し、姿を隠そうと思っているだけではなかったようだ。

「最終的には、祁答院家を乗っ取るつもりでいた。強力なあやかしを使役《しえき》できたら、祁答院家の当主なんて敵ではないと――」

パン！　と頬《ほお》を叩く音が響き渡る。皐月さんが清さんを叩いたのだ。

渾身《こんしん》の力で叩いたようで、清さんは口の端から血を流す。

「さ、皐月、何をするんだ！」

「それはわたくしの台詞《せりふ》です！　自分勝手に振る舞うだけならまだしも、祁答院家を乗っ取ろうと思っていたなんて！」

「恵まれて育った者の人生なんて、つまらないものだろうが！　俺はそれを、貰《もら》ってやるだけだ！」

「馬鹿をおっしゃらないでくださいませ!!」

今度は拳を、清さんの腹部へ叩き込んでいた。

夫は私の耳元で、「姉上は空手の黒帯だ」と囁《ささや》く。突きが鋭すぎると思っているところだったので、驚いてしまった。

「伊月は今、世界一幸せになっているんです。そんな弟の人生を、奪わないで!!」

止《とど》めは踵《かかと》落《お》としだった。見事に決まり、清さんは「ぐふ！」と苦悶《くもん》の声を上げ、動かなくなった。

「あの、皐月さん、彼、生きていますよね？」

「もちろんです。峰打《みねう》ちですわ！」

峰打ちというのは刀の背の部分で相手を打つ技だ。皐月さんは刀を握っていない。相手に容赦《ようしゃ》しつつ、心に握る正義の刀で成敗《せいばい》した、という意味なのだろう。たぶん。

「まだ豆狸《まめだ》についての話を聞きたかったのだが。まさか、姉上が止めを刺すとは」

「申し訳ありません。あまりにも酷《ひど》いことを言ったので、我慢できず……」

ひとまず、清さんの身柄は邏卒に引き渡すらしい。

夫が花火を使った号砲を上げると、どこからともなく邏卒が駆けつけた。清さんはその場に拘束《こうそく》され、皐月さんも彼に危害を与えたと自己申告し、同行するという。

「皐月さん！」

「わたくしは大丈夫。おそらくですが、すぐに出てこられるでしょう」

心配しなくてもいい、そう言い残して去っていった。

あとは豆狸を探すだけだが、夫は今日のところは一度家に帰るという。豆狸はきっと、〝夢物語の大道芸〟が開催される見世物《みせもの》小屋にいるはず。

そう信じて、家路に就《つ》いたのだった。

第五章　妖狐夫人は決着をつける！

それからというもの、清《きよし》さんは事情聴取を受け、あやかしを買い取る〝夢物語の大道芸〟についての情報について聞き出す。

なんでも直接関係者と会って金銭のやりとりをするわけでないらしい。

まず、あやかしを連れて路地裏などの人の少ないところに行くと、背後より声をかけられるのだという。振り返らずに、そのまま取り引きが開始される。麻袋に入れられたお金は河童《かっぱ》や小豆洗《あずきあら》いなどの使役《しえき》されたあやかしが運んでくるようだ。

〝夢物語の大道芸〟を通じた取り引きについては、賭博場《とばくじょう》に出入りしていた男から紹介を受けたという。清さんが陰陽師《おんみょうじ》の血筋だと聞いて、特別に教えてくれたらしい。男は〝夢物語の大道芸〟を観に行くと言って、姿を消したようだ。家族はいなかったようで、その後、消息不明になっている。

清さんから聞いた情報を元にさまざまな面から調査していたようだが、尻尾《しっぽ》は摑《つか》めず……。

御上の命令で、入場券の入手先について調査が行われた。寅之助からも聴取をしたようだ。寅之助の場合は知り合いの知り合いを通して、通常よりも高値で入手した。つまり、転売されたものを買い取ったようだ。

　知り合いの知り合いというのも、飲み屋の席で偶然会った人物で、酔っ払っていたこともあり、誰だったか、という記憶は定かではないという。

　それ以外にも、裏社会と通じ合っている者から話を聞いたが、寅之助の入手経路と似たようなもので、大本については謎に包まれたままだった。

〝夢物語の大道芸〟を経営している者は、ずいぶんと用心深いように思える。いくら調査しても、けむに巻くような結果となり、はっきりとした情報は何ひとつわからない。

　やはり、〝夢物語の大道芸〟がある見世物小屋へ潜入するしかないのだろう。

「伊月《いつき》様、見世物小屋は、以前行った純喫茶のように、条件付きで現れるような建物ではないのでしょうか？」

「私もそうではないかと考えていたところだ」

　入場券に書かれた場所に行っても、何もなかったのである。公演が行われる日に、入場券を持っていったら、きっと建物が見えるようになるはず。

「おそらくだが、入場券を手に調査団が押しかけた場合は、いくら公演日でも見世物小屋を発見できないような気がする」

夫はまっすぐ私を見つめ、一緒に来てくれないだろうか、と頭を下げた。

「瀬那《せな》に危険が及ぶような事態は絶対に許さない。何があっても、必ず守るから」

夫は有言実行の人だ。きっと私に危険が迫ることはないだろう。

「わかりました。ご一緒させていただきます」

「瀬那、ありがとう」

そんなわけで、夫婦揃っての潜入調査が決定した。

◇◇◇

〝夢物語の大道芸〟の公演当日——私は夫が考えた作戦を実行するため、身なりを整えていた。慣れない着物に袖《そで》を通し、携帯しておくようにと言われた道具は懐《ふところ》に隠しておく。

夕方になり、夫が帰ってきた。私の姿を見て、想像以上だと絶賛してくれる。

「さすが瀬那だ。この作戦は、そなたにしかできないだろう」

「光栄に存じます」

夫も身支度《みじたく》を終え、出発する。途中まで馬車で行き、下町に入ったところから歩く。

今宵《こよい》は満月——あやかしの力が満ちる夜である。真っ暗闇の中から、あやかしの気配を感じていた。

だが、九尾《きゅうび》の狐である夫の前に飛び出してくるあやかしはいない。

街灯のない道を、夫と共に慎重に進んでいく。

「瀬那、もっと近くに寄れ」

「は、はい」

夫の腕をぎゅっと握った瞬間、周囲に霧が発生する。角灯《かくとう》で照らしても、周囲は何も見えなくなる。

「これは、いったい?」

視界が確保できないという不可解な状況になっても、夫は歩みを止めなかった。

ズンズンと進んでいると、霧が晴れてきた。すると目の前に、突然建物が現れる。

「あ——!」

〝夢物語の大道芸〟と書かれた看板が掲《かか》げられた、古めかしい演舞場であった。

やはり、条件が揃わないと行き着かない場所のようだ。

見世物小屋と呼ばれていたので、もっと小さな規模だと思っていたのだが……。

中に入ると、異国の燕尾服《えんびふく》をまとった青年が出迎えた。

顔は白塗りが施《ほどこ》され、唇には真っ赤な紅が塗られている。目元は異国の道化師《どうけし》を思わせるような仮面で覆《おお》われており、子どもが見たら怖くて泣いてしまいそうな外見であった。

「ようこそいらっしゃいました。寅之助様と、朝子《あさこ》様ですね？」

転売された入場券だったが、寅之助が買い取ったという情報は届いていたようだ。朝子の名前まで把握《はあく》されている。

果たして、入場できるものか。どくん、どくんと胸が重く脈打つ。

「おや」

燕尾服の青年は何かに気付いたのか、目を眇《すが》める。

「寅之助様は、少し思っていた印象と異なりますねぇ」

その瞬間、緊張が走った。

〝夢物語の大道芸〟の経営者はかなり用心深い。別人であることがわかったら、追い返される可能性だってあった。

せっかくここまで辿《たど》り着けたのに、何の収穫もないまま帰れない。

私は必死になって言葉を振り絞《しぼ》った。

「普段は舞台化粧《ぶたいげしょう》をしておりますので、別人のような印象があるのかと思われます」

「ああ、なるほど、そういうわけでしたか。寅之助様の素顔は存じ上げなかったのですが、奥方様は拝見したことがございます。その、大衆紙などで。お写真よりも、実際に見たほうが、お美しいですねえ」

朝子が問題を起こしていたおかげで、私達が寅之助夫婦だと信じ込ませるのに成功したらしい。彼女の素行の悪さも、たまには役に立つわけである。心の中で感謝したのだった。

「では、どうぞこちらへ」

案内された客席は、想定していた以上に広い。演舞場の外観から二十人も入れないのではないか、と思っていたが、五十人以上収容できそうだ。

「空《あ》いている席は、どこでもいいので、開演前には座っていてくださいね」

燕尾服の青年は愛想よく去っていった。

客席には、すでに数名の客がいる。普通の劇場よりかなり薄暗いが、夜目が利《き》くので顔ははっきり見えた。

前方にばかり客が集まっていたので、私達は後方の席に腰を下ろす。

なんというか、異様な空気が流れていた。寒気がするのは冬だから、というのが原因ではないだろう。

純喫茶で覚えたのはどこか心地よい違和感であったが、ここは心地悪い違和感しかない。

夫は私にぐっと接近し、他の人に聞こえないような声で囁《ささや》く。

「裏社会で名を馳《は》せた投資家に、金貸し、ばくち打ちがいる。そうそうたる集まりだな」

「料亭〝花《はな》むしろ〟では、出入り禁止の方々ばかりです」

父は人間社会で生き残るため、誰よりも狡猾《こうかつ》だ。実の娘でさえ、利用するくらいである。

しかしながら、裏社会と繋《つな》がることだけはしないと決めていたようだ。そのため、裏社会との繋がりがある者達は店に一歩たりとも入れなかったのである。

「ここにいるのは、後ろ暗い経歴を持つ者ばかりか」

「〝夢物語の大道芸〟の経営者は、あやかしを使って襲撃させていた祓《はら》い屋《や》とも繋がりがあるのかもしれませんね」

それから二、三組入ってきたところで、開演時間となったようだ。席が埋まっているのは三分の一くらいか。

客の面々は、裏社会で暗躍している人ばかりである。一刻も早くこの場から離れたい気持ちに駆られたものの、豆狸《まめだ》を助けるまで帰れない。

幕が開くと、長い棒を手にした燕尾服の男性が登場する。案内してくれた青年同様に、白塗りに真っ赤な唇、仮面を装着した姿だった。

棒で床をドン！　と威圧するように叩くと、舞台袖から列を成した河童《かっぱ》が出てきた。

河童はガリガリに痩《や》せていて、明らかに元気がない。

燕尾服の男性が棒で床を叩くと、河童達は散り散りになる。用意されていた太鼓《たいこ》や笛を摑《つか》む者、浴衣《ゆかた》を着込む者と分かれた。

もう一度、棒で床が叩かれると、河童達は演奏を始め、盆踊りを踊り始める。

「こ、これはいったい……」

「酷《ひど》い見世物《みせもの》だ」

河童達は燕尾服の男性が鳴らす棒の音に怯《おび》えているようにも見えた。普段は、暴力を振るわれているのかもしれない。

「では、お待ちかね、河童叩きを始めます！」

客席は盆踊りを披露したときよりも盛り上がっている。河童叩きとは、いったい何なのか。嫌な予感しかいない。

「河童叩きというのは、言葉のとおり河童を叩くだけの単純な出し物です。お客さんの中から候補を探し、河童を叩いていただく。どうぞ倒れるまで叩いてください。河童を倒したお客さんは、あやかし倒しの英雄となるでしょう」

河童叩きというのは、耳を塞《ふさ》ぎたくなるような、残酷《ざんこく》なものだった。

ここで、ハッと気付く。

豆狸は何かに怯えているような態度を見せていた。もしかしたら、河童叩きのような暴力を振るわれていたのではないのか。

考えただけで、胸がぎゅっと締めつけられる。

「伊月様、豆狸《はげ》は……」

夫は私を励ますように、手を握ってくれた。今は耐えるべきときなのだろう。

縄を手にした燕尾服の男性が、河童を捕獲する。拘束《こうそく》された河童は、縄でぐるぐる巻きにされた。

客席から男性がひとり選ばれる。

「あれは、邏卒《らそつ》が行方《ゆくえ》を追っていた男だ。こんなところにいたとは……」

女性や子どもを狙った連続殺人犯らしい。話を聞いただけで、ゾッとしてしまう。

男は燕尾服の男性から棒を受け取り、拘束された河童目がけて棒を振り落とす。

ガン！　と当たり所が悪い音が鳴り響いた。

その一撃で河童は気を失ったようだが、男は棒で攻撃を続ける。

「あの、もう河童は倒れておりますので、十分ですよ。あなたは河童を倒した英雄です」

「殺さないと倒したことにはならないだろうが」

「いや、そんなことは――」

「うるさい!!」

燕尾服の男性までも、棒で殴《なぐ》られる。その場で失神してしまった。止める者がいなくなり、男はさらなる暴力を河童に振るった。

「あの、伊月様」

「もう少し待て」

何かが始まるらしい。

夫の手が震えていた。きっと、怒りを抑えているのだろう。見ていられない光景が舞台上で繰り広げられていたが、舞台袖《ぶたいそで》から人が出てくる。

角刈り頭の、厳《いか》つい顔をした四十代半ばくらいの男だった。

「おい、お前、何をしている！」

「俺は客だ！　意見するな！」

角刈りの男性は懐《ふところ》からお札を取り出し、舞台の端で怯えていた河童達に投げつける。

「お前達、あの男を取り押さえるんだ！」

お札に書かれた呪術の影響か、河童達の目が真っ赤に染まっていく。そして、男に飛びかかっていった。

あれはあやかしを強制的に言いなりにさせるお札なのか。恐ろしい手段を使う。

「うわ、なんだこいつら!!」

河童達は男をあっという間に転倒させ、上に覆《おお》い被《かぶ》さる。

「ぎゃ、ああ、ぐあああああああ!!」

様子がおかしくなった河童達は、男に嚙《か》みつき始め――。

ここでやっと、客は異変を感じ、逃げ始める。しかしながら、扉は施錠《せじょう》されているようで、脱出はできなかった。

舞台上では河童に襲われた男がむごたらしい状況となり、人々が泣き叫ぶ。まさに、阿《あ》鼻《び》叫喚《きょうかん》な光景が広まっていた。

男を倒した河童達は、全身血まみれとなる。

「よし、大人しくさせたな。まったく、手こずらせおって」

舞台袖から次々と人が出てくる。皆、角刈りの男性にペコペコと腰が低い様子だった。

あの角刈りの男性が、〝夢物語の大道芸〟を経営する男なのか。

「河童共を回収しろ」

「はい――ぎゃあ!!」

河童はやってきた男性にも嚙みついてきた。角刈りの男が制御しようとお札を取り出して投げつけたものの、効果はない。

河童から大量の邪気《じゃき》が噴き出していた。きっと我を失っている状況なのだろう。邪気に支配されると、自分の意思はなくなり、凶暴化してしまうのだ。

「瀬那、今だ」

「はい」

私は背中の帯に差し込んでいた、天狗《てんぐ》の羽団扇《はうちわ》を取り出す。この羽団扇は左右に扇《あお》ぐと客を引き寄せ、上下に扇ぐと邪《じゃ》を祓うことができる。

河童達が大人しくなるように、と願いを込めて羽団扇を上下に扇いだ。すると、河童達はぴたりと動かなくなった。すかさず、角刈りの男性は指示を出す。

「おい、今のうちに、河童を縄で縛《しば》るんだ！」

「待て！」

夫が舞台上に上がり、角刈りの男を制する。

「私は宮内府《きゅうないふ》の職員だ。お前達を調査しにきた」

「御上の犬がなぜここに!?」

「そんなことなどどうでもよい。大人しくしていたら、危害は加えない」

「生意気な！　それはこっちの台詞《せりふ》だ！」

角刈りの男は新たなお札を取り出し、床を目がけて投げつける。ぼん！　と大きな音を立てて、煙が立ち上った。そこからでてきたのは、さまざまな種類のあやかしだった。

そこに豆狸の姿もあった。ホッとしたのもつかの間のこと。

もう一枚、お札が投げ込まれる。それは舞台上で爆《は》ぜ、真っ黒い煙を漂わせる。

あれは、人工的に作り出した邪気だ。どうしてあんなものがあるのか？

あやかし達の瞳が真っ赤に染まり、咆哮《ほうこう》をあげる。あれは意図的にあやかしを凶暴化させる代物《しろもの》なのだろう。

豆狸はお札の影響を受けなかったのか、舞台袖のほうへ逃げていった。

角刈りの男が叫ぶ。

「男ではなく、客席にいる女を捕らえろ！　人質にするのだ！」

「瀬那!!」

あやかし達は一気に距離を詰めてくる。鋭い牙や爪で襲いかかってきたが――あやかし達は旋風に飛ばされていった。

続いて、三本指を立てて息を吹きかける。火が巻き上がり、渦巻《うずま》く邪気を遠ざける。

「な、なんだ、あいつは！」

「女のほうが、陰陽師《おんみようじ》なのか!?」

半分正解である。客席にいる瀬那《わたし》は、夫が化けたものだ。

そして、舞台上にいる夫は私が化けたものである。

秋から始めた化けの訓練だが、夫は驚くほど上達していた。その中で、他人に化けることを習得したのだ。

夫婦でやってきたら、狙うのは女性だろう。そういうふうに想定し、私は夫に、夫は私に化けていた、というわけである。

狙い通り、夫が扮《ふん》する私が狙われた。

私は豆狸の後を追う。しかしながら、舞台の向こう側はとんでもない状況だった。

囚われた人とあやかしが小さな檻《おり》に入れられ、苦悶《くもん》の声が響き渡っている。

奥から、目を真っ赤にした大型のあやかしがのっそり、のっそりと迫っていた。

背後から、角刈りの男の声が聞こえる。

「おい、誰だ！　〝山犬〟を檻から出したのは！」

「あ、あの、先ほどの男性を取り押さえるときに、使おうかと思いまして」

「馬鹿か！　あれは制御できない、本物の化け物なんだよ！」

あやかしを処理した夫が駆けつけ、私の手を握る。作戦ではここで豆狸を保護する予定だったのだが、失敗してしまった。

「ぐうううう、があああああ!!」

獣の咆哮が会場に響き渡る。夫は私を抱き上げ、舞台袖から後退していった。

邪気の影響が強く、天狗の羽団扇でも祓《はら》うことができないらしい。

照明が当たる舞台上までやってきたあやかしの姿が明らかになる。巨大な犬だった。

先ほど角刈りの男が山犬、と呼んでいた気がする。狼のあやかしだ。

「ぐるるるる、ぎゃあ!!」

山犬は大きく跳躍し、角刈りの男に飛びかかった。

「だ、誰か、助けろ!!」

夫のほうを見ると、首を横に振る。もうすでに、人の手でどうにかできる状態ではないらしい。

「あやかしを封じる。あの男には、犠牲《ぎせい》になって――」

そう口にした瞬間、どこからともなく三味線《しゃみせん》を弾く音が聞こえた。

舞台上にピンと張られた縄に、羽釜《はがま》が転がってくる。そこに跳び乗ったのは、二本脚で三味線を演奏する豆狸だった。

「あれは――!?」

「豆狸です!!」

三味線で演奏をしつつ、縄の上で羽釜を乗りこなしながら歩いていく。その様子を見て、ハッとなる。豆狸の正体に、今になって気付いたのだ。

「あの子は、豆狸じゃない」

茶釜《ちゃがま》に宿るあやかし、〝ぶんぶく茶釜〟である。

漢字で書くと、分福《ぶんぶく》茶釜だ。不思議な演奏で人々を魅了し、幸福を分けてくれる善き存在である。どうして今まで気付かなかったのか。

角刈りの男を嚙《か》みつこうとしていた山犬は大人しくなり、「くぅーん」と小さく鳴く。

その隙《すき》に、夫は山犬を呪術で取り押さえた。なんとか檻に入れるのに成功する。

角刈りの男が山犬に襲われたことにより、会場にかけられていた呪術は解けたようだ。

閉ざされていた扉が開き、客は血相を変えて逃げていく。

入れ替わるように、邏卒《らそつ》達が押しかけてきた。

「全員大人しくしろ!! 床に膝をついて、両手は頭にのせておくのだ!!」

邏卒の手によって、この場にいた関係者達は拘束《こうそく》される。その間も、豆狸改め、ぶんぶく茶釜は演奏を続けていた。

なんとも言えない不思議な音色は、荒《すさ》んでいた心を落ち着かせてくれる。悪行を働いていた人々も、抵抗せずにいた。

角刈りの男をはじめとする、〝夢物語の大道芸〟の関係者は全員捕まえられたようだ。

ついでに、裏社会と繫《つな》がりがあった者達も逃がさなかったらしい。

邏卒は夫があらかじめ、会場周辺に潜伏させていたようだ。呪術が解けて、隠されていた見世物《みせもの》小屋が見えるようになったのだろう。突入は成功したわけだ。

一人残らず拘束され、会場から連れ出される。ここで、夫と私は互いの変化を解いた。続けて、ぶんぶく茶釜に声をかける。

「もう大丈夫だから、降りてきて」

両手を広げると、ぶんぶく茶釜はふらりと倒れ込む。そのまま落下してきたので、受け止めた。

彼女は、全身血塗《ちまみ》れだった。きっと、河童《かっぱ》がされていたような暴力を受けていたに違いない。

「なんて酷《ひど》いことをするの!?」

私の声に、豆狸が消え入りそうな声で言葉を返す。

「わたしは、大丈夫、だから」

「大丈夫ではないわ」

夫はあやかしの治療方法を知る山上《やまがみ》家に連れていこうと提案した。けれども、ぶんぶく茶釜は首を横に振る。

「もう、限界、なの」

「そんな」

「わたしは、あなたに拾ってもらえて、幸せだった。だから、いいの」

よくない。こんなことなど、あってはならないのだ。

今すぐ彼女を助ける手段はないのか。

「何か、何か方法があるはず」

ここで、伊万里《いまり》が話していた言葉を思い出す。

――ご主人様は自らの〝伊〟の字を私に与え、契約を交わしました。すると、みるみるうちに怪我《けが》が治り、元気になっていったのです。

そうだ！　伊万里は満身創痍《まんしんそうい》の状態で夫に発見され、命名によって活力を得た。

私も同じように、契約を持ちかけよう。

「伊月様、私はこの子と契約を交わしたいのですが、可能でしょうか？」

「できることにはできるが、契約時に、そなたの命を一部、与えないといけない」

「構いません！」

私の覚悟を感じ取ってくれたのか、夫はあやかしとの契約について教えてくれた。

すぐに。ぶんぶく茶釜へ話を持ちかける。

「あなたに名前をあげるわ。だから、一緒に生きましょう」

「な、名前　わたしに?」

「そうよ」

これからも、祁答院《けどういん》家の屋敷で伊万里や八咫烏《やたがらす》と一緒に、楽しく仲良く暮らしたい。春はお団子を食べながら花見をして、夏はスイカ割り大会を開催し、秋は焼きイモや栗などの秋の味覚を楽しむ。冬はこたつに入って、ぬくぬくしながらミカンを味わいたい。

「そんな毎日を、あなたと一緒に過ごしたいの」

「う、嬉しい」

ぶんぶく茶釜が目を閉じたのと同時に、私は彼女に命を吹き込む。

「我と契約を結ぶ汝《なんじ》の名は、〝那々《なな》〟!」

私と繋がりを強くするために、瀬那という名前から那を取って、那々とした。

命が尽き欠けていた小さな体は、淡い光に包まれていく。

ぐったりしていた体に新たな命が宿った。閉ざされていた目も、ぱっちり開く。

「あ、わたしは……?」

「生まれ変わったのよ、那々」

「ああ、なんてこと!」

那々はポロリと涙を零《こぼ》す。それは、満たされた気持ちから溢《あふ》れてきたものだったという。

私達は怪我もなく、祁答院家に帰ることができたのだった。

◇◇◇

事件から一夜明け、昨晩の様子が早くも新聞の記事になっていた。

ここ最近起きていた失踪《しっそう》事件や、あやかしの襲撃事件などが一気に解決したので、一面記事で報じられている。

想像していた通り、〝夢物語の大道芸〟の関係者達が、祓い屋を名乗ってあやかしに人を襲わせていたようだ。

なんとも卑劣《ひれつ》で、ずる賢い手口を使う。

行方《ゆくえ》不明になっていた人々は拘束され、あやかしを凶暴化させる邪気《じゃき》を生み出すための道具として扱われていたらしい。

邪気というのは、人々の負の感情――怒り、悲しみ、苛立《いらだ》ち、恥《はじ》、孤独、不安、恐怖などから生まれる。

負の感情を作ってお札に封じ込めるために、誘拐《ゆうかい》された人々は酷い目に遭《あ》っていたようだ。全員生存していたが、治療に時間がかかるだろうと記事に書かれてあった。

このような事件は二度と起きてほしくない。

人もあやかしも、平和に生きてほしいと願うばかりだ。


事件から一ヶ月後——那々はすっかり元気になった。

うちの子になることが決まったので、今は伊万里から仕事を習っている最中である。

化けを維持するのも慣れてきたようだが、たまに狸の耳と尻尾《しっぽ》を生やしているときがあった。私は夫にしていたように押さえ付けてあげる。

そのたびに那々はしょんぼりしているものの、最初から上手《うま》くできる人はいない、私もそうだったと伝えている。

時折、天邪鬼《あまのじゃく》や天狗《てんぐ》の兄弟、ゆきみさんが遊びにやってきて、伊万里や那々、八咫烏と遊んでくれる。

この前なんかはゆきみさんが庭に雪を積もらせてくれたので、雪合戦を楽しんだようだ。

祁答院家は以前よりも、ずっと賑《にぎ》やかになった。

その様子を、夫と共に微笑《ほほえ》ましく見守っているのだ。

清さんは実刑が科せられるという。一方で、皐月《さつき》さんは事件の関与はなかったため、すぐに釈放されたようだ。

彼女は祁答院家には戻らず、御上の娘――皇女様の女官として働くらしい。

清さんのことは、吹っ切れたようだ。もう結婚はこりごりだと話していた。

皐月さんは祁答院家の出入りを許され、たまに料理を習いにやってくる。

いつか、夫に食べてもらうのが夢だと、楽しそうに語っていた。


雪がしんしんと降る夜、夫は私が贈った荒磯柄《あらいそがら》の着物姿で現れる。お気に召してくれたようで、よく着てくれるのだ。

そんな夫と共にこたつでミカンを楽しむ。今年のミカンは特に甘い。手が黄色くなるまで食べてしまうのだ。

ミカンを剝《む》いて、白い筋を丁寧《ていねい》に取り除く。それを夫へ差し出すと、驚いた表情で見返される。

「それはそなたが食べるために、そのように剝いているものだと思っていた」

「伊月様のために、頑張っていたんです」

そう答えると、夫は狐の耳と尻尾を生やす。その様子は、なんだか久しぶりに見たような気がした。

「伊月様、お耳と尻尾が……。化けの維持は習得したものだと思っておりましたが」

「習得している。途中から、瀬那の気を引くために、わざとしていたからな」

「なっ、そうだったのですか!? 酷《ひど》いです！　私、伊月様を思って、一生懸命耳を押さえていましたのに！」

「その様子が可愛《かわい》くて、つい」

「なんてことを――！」

夫は手にしていたミカンを私の口に押し込む。さわやかな風味と甘さが口いっぱいに広がった。

「たまに、耳を出しているかもしれない。そういうときは、構ってほしい」

「――っ！」

なんて可愛い要望を出してくるのか。これ以上、抗議できなくなってしまった。

夫は耳を左右に揺らすので、思わず撫《な》でにいってしまう。

この上なく幸せなひとときを過ごしたのだった。

※この作品はフィクションです。実在の人物・団体・事件などにはいっさい関係ありません。

集英社オレンジ文庫をお買い上げいただき、ありがとうございます。
ご意見・ご感想をお待ちしております。

●あて先
〒101-8050　東京都千代田区一ツ橋2-5-10
集英社オレンジ文庫編集部 気付
江本マシメサ先生

あやかし華族の妖狐令嬢、陰陽師と政略結婚する 2

集英社
オレンジ文庫

2022年10月25日　第1刷発行
2023年 5 月 7 日　第2刷発行

著　者　江本マシメサ
発行者　今井孝昭
発行所　株式会社集英社
〒101-8050東京都千代田区一ツ橋2-5-10
電話【編集部】03-3230-6352
【読者係】03-3230-6080
【販売部】03-3230-6393（書店専用）
印刷所　凸版印刷株式会社

ISBN 978-4-08-680471-4 C0193

集英社オレンジ文庫

栗原ちひろ

殺し屋ダディ

殺し屋組織のボスが遺した「依頼者リスト」。
その所在を知るのは、
ボスの息子・三也(4歳)だけ。組織所属の
殺し屋・朝比と哮はリストを手に入れるため
三也を引き取ったが、「普通の暮らし」は
殺し屋稼業よりも過酷だった!?

集英社オレンジ文庫

猫田佐文

フロイトの想察
—新條アタルの動機解析—

「なにも覚えてません」
両親を殺した14歳の少年は供述した。
この言葉に違和感を覚えた刑事・道筋は
旧友を訪ねた。心理学者の新條アタルは
“解決”したはずの事件を紐解いて…?

霜雪記
眠り姫の客人
佐倉ユミ
まろうど
集英社オレンジ文庫